ein Ullstein Buch

D1619134

Ullstein Buch Nr. 1706
im Verlag Ullstein GmbH,
Frankfurt/M – Berlin – Wien
Titel der französischen
Originalausgabe:
Le secret d'Eunerville
Übersetzt von Lothar von Versen

Erstmals in deutscher Sprache

im Verlag Ullstein GmbH,
Frankfurt/M – Berlin – Wien
© Arsène Lupin et Librairie
des Champs-Élysées, 1973
Übersetzung © 1975 by
Verlag Ullstein GmbH,
Frankfurt/M – Berlin – Wien
Alle Rechte vorbehalten
Printed in Germany 1975
Gesamtherstellung:
Ebner, Ulm
ISBN 3 548 01706 1

Arsène Lupin

Das Geheimnis von Eunerville

Kriminalroman

ein Ullstein Buch

Zahlreiche Abenteuer,
zahlreiche Erinnerungen
von Arsène Lupin sind bisher
unbekannt geblieben.
Glücklicherweise wurden
Manuskripte, die davon erzählen,
vor kurzem am Zufluchtsort
des berühmten Gentlemangauners
entdeckt und von einem
Vertrauensmann der
Öffentlichkeit zugänglich
gemacht.

DAS GEHEIMNIS
VON EUNERVILLE
ist das erste jener neuen
Abenteuer, die von nun an mit
Einverständnis der Erben
von Maurice Leblanc wieder
veröffentlicht werden.

I. Das Dornröschenschloß

Am Ende einer langen Erhebung erkannte Raoul d'Apignac die dunklen Dächer der Häuser von Eunerville, und seine Hände hörten auf, sich um das Steuerrad zu krampfen. Vor ihm lag eine friedliche Landschaft, zu seiner Rechten blitzte ab und zu die Seine durch. Zu seiner Linken erhob sich eine düstere Klippe, die das Brummen seiner vierzig Pferdestärken zurückwarf. Ganze vier Stunden hatte er von Paris gebraucht, trotz einer Panne. Raoul schaltete in einen kleineren Gang, nahm die Kurve von Eunerville mit quietschenden, leidgeprüften Reifen: einen Augenblick Lärm in den verschlafenen Straßen des Dorfes. Das Auto bog bereits in einen Querweg ab und schaukelte in Wagenspuren, die der frühe Sommer verhärtet hatte. Raoul machte die Scheinwerfer und die Zündung aus, rollte ein paar Meter im Schatten einer Baumgruppe und hielt an.

Dann entledigte er sich im Handumdrehen seiner Brille, seiner Mütze und seines Reisemantels und sprang hinaus.

»Verdammt«, murmelte er, »das tut gut! Künstler, du mußt ziemlich komisch aussehen.«

Er berührte seinen Hemdkragen, zog an seiner Jacke, gähnte. Der Viertelmond erhellte das Unterholz schwach.

»Auftritt 1«, erinnerte sich Raoul.

Einen Weg entlang, einen kreidigen Hügel hinauf, auf dessen Gipfel sich die Silhouette eines zerstörten Schloßturms gegen den Sternenhimmel abzeichnete. Zu seinen Füßen dehnte sich die Seine, glänzend, hier und da schwach von Nebel überzogen. Ein bißchen flußaufwärts, auf dem gegenüberliegenden Ufer, kündigten Blinklichter Tancarville an. Honfleur lag da, hinter dem seltsam geschmückten Außenwerk der Turmruine. Raoul kletterte ohne Anstrengung. Er erreichte die halbverfallene Burgmauer, glitt in einen Innenhof und knipste zweimal sein Feuerzeug aus. Am Ende der Finsternis um den Turm schoß eine andere winzige Flamme zweimal hervor. Raoul wartete, und bald tauchte eine Silhouette neben ihm auf.

»Sind Sie's, Chef?«

»In voller Lebensgröße.«

»Sie sollten doch schon gestern abend ankommen.«

»Ich bin aufgehalten worden. Ein Duell, ein Essen in der englischen Botschaft, die Vernissage in der Galerie Moquet . . . Adel verpflichtet, mein Lieber. Das mußt du doch wissen.«

Raoul nahm seinen Gefährten am Arm, seine Stimme klang

nun härter.

»Und du hast indessen Angst gehabt wie ein Rekrut, was? Du hast dir gesagt: ›Der Chef zögert. Das Ding ist ihm zu groß. Er wird den Schwanz einziehen.‹ Gib zu, du wärst gar nicht böse gewesen, wenn ich aufgegeben hätte. Du bist mir schon ein unerschrockener Ritter!«

»Ich versichere Ihnen, Chef . . .«

»Na klar, mein kleiner Bruno. Du hast noch nie eine Sekunde gezittert. Du hast niemals gedacht: ›Da dreht der Chef aber zu stark auf. Eines schönen Morgens schnappen sie ihn doch, dann erleben wir das Ende unserer Tage auf feuchtem Stroh.‹«

Er brach in ein jugendlich-frisches Lachen aus; Bruno, eingeschüchtert durch die fabelhafte Energie, die Raoul d'Apignac verbreitete, lächelte seinerseits.

»Das stimmt schon«, murmelte er. »Manchmal kommen mir Zweifel.«

Die Hand umschloß seinen Arm wie eine stählerne Falle.

»Ich verbiete dir jeden Zweifel. Selbst wenn ich verschwinden würde – eines Tages, in einem Monat, einem Jahr, es spielt keine Rolle –, wäre ich immer noch da, hörst du? Bei dir! Nichts könnte dir zustoßen. Also, jetzt vorwärts, mein Kleiner. Spiel mal den Besitzer, der mich führt . . . Ich folge Ihnen, gnädiger Herr.«

Gehorsam lief Bruno über den Hof.

»Vorsicht an der Tür, Chef. Man muß sich bücken. Und jetzt kommen 91 Stufen . . .«

Er knipste eine elektrische Taschenlampe an und ließ den Lichtstrahl über das alte Gemäuer gleiten.

»Donnerwetter«, sagte Raoul. »Hübsche Bude. Ein bißchen zu rustikal vielleicht.«

Er kletterte leicht und locker vor Bruno her, dessen Atem kürzer wurde.

»Mach deine Meldung, Soldat! Wie viele Männer befinden sich im Schloß?«

»Drei. Davon ist einer sehr alt, eine Art Wächter oder Hausmeister.«

»Und die beiden andern?«

»Im besten Alter. Der Besitzer und sein Chauffeur.«

»Weiter?«

»Nicht so schnell, Chef! Ich weiß nicht, aus welchem Material Ihre Beine sind, ich jedenfalls kann Ihnen nicht mehr folgen . . . Da haben wir noch eine Köchin zwischen vierzig und fünfzig und zwei Gören, das heißt, ein junges Mädchen und eine Göre . . . Siebzehn und zwölf, ungefähr.«

»Also die beiden Schwestern, die Kinder des Schloßherrn?«

»O nein, ganz gewiß nicht. Das Mädchen schon . . . Aber die Kleine könnte eher eine Verwandte des Alten sein. Sie hängt sich dauernd an ihn.«

»Keine Schloßherrin?«

»Nein. Ich denke, der Mann ist Witwer.«

»Und wo schlafen die Leute?«

»Der Hausherr und das junge Mädchen im Mittelabschnitt des ersten Stocks. Der Chauffeur und die Köchin, sicher verheiratet, im linken Flügel . . . Der Alte und die Göre in einem kleinen, isolierten Nebengebäude.«

»Wenn die Zeit gekommen ist, machen wir noch was aus dir«, sagte Raoul, als er in einen weiten Saal mit halb eingefallener Decke trat.

»Hier ist mein Hauptquartier«, scherzte Bruno.

Er beleuchtete die Decken, die er auf die Fliesen geworfen hatte, und die Reste eines Mahls. Dann ließ er die Stimme anschwellen wie ein Fremdenführer: »Hier beginnt der Schloßrundgang . . .«

Raoul nahm ihm die Taschenlampe weg und machte sie aus.

»Sachte, Kleiner. Keine Festbeleuchtung zur falschen Zeit. Hast du das Opernglas?«

»Da ist es.«

Raoul nahm den Rundgang in Angriff, schaute sich um. Das Schloß von Eunerville lag rechts von ihm. Er erkannte sofort den imposanten Massivbau, die komplizierten, vom Mondschein versilberten Dächer. Er stellte das Glas ein und sah lange hindurch.

»Was glänzt da hinten links vom Gitter?«

»Der Brunnen, in die Mauer eingelassen. Sie erkennen sicher den Eimer auf dem Brunnenrand.«

Raoul kundschaftete weiter mit gerunzelten Brauen.

»Gibt's Hunde?«

»Nur 'ne Bulldogge, die immer das junge Mädchen begleitet.«

»Lassen sie die nachts raus?«

»Nein.«

»Bist du sicher?«

»Das hätte ich mitbekommen. Ich versichere Ihnen, daß sie im Haus schläft.«

Die Stimme wurde unmerklich schwächer.

»Na los«, brummte Raoul, »ich merke, du hast schon wieder Angst. Wovor?«

»Vor nichts. Nur ... Es wär mir lieb, wenn wir heute abend fertig würden. Wenn ich daran denke, daß das wieder von vorn losgehen soll!«

»Angsthase! Wenn ich dir freie Hand lassen würde, nähmst du mit, was dir gerade in die Pfoten fällt, hab' ich recht? Wahllos wie ein Fassadenkletterer ... Junge, für wen hältst du mich eigentlich? Ich bin schließlich Sammler. Seit über drei Wochen studiere ich diese Angelegenheit, tüftele herum, arbeite alles aus. Ich habe sogar im Kulturministerium Nachforschungen angestellt. Und weißt du, was ich erfahren hab'? Daß man an der Echtheit bestimmter Stücke zweifelt. Der Nattier ist wahrscheinlich falsch. Der angebliche Percier-Fontaine-Sekretär soll nur eine Imitation sein. Soll ich dir erzählen, wo die Vitrine mit den Orden steht? Ganz hinten in der Galerie. Und die Sammlung mit den Kupferstichen? Genau in der Mitte, gegenüber den Bildern von Fragonard und La Tour. Tja, so arbeitet man eben, wenn man von Malerei und Kletterkunst eine Ahnung hat.«

Raoul legte dem jungen Mann den Arm um die Schultern.

»Siehst du, kleiner Säugling, wenn man Arsène Lupin heißt, wählt man sorgfältig aus. Man begnügt sich nicht mit Ladenhütern wie die amerikanischen Milliardäre. Ich komme erst zu Besuch, dann entnehme ich das Gewünschte.«

Sie stiegen rasch die Treppe hinunter und durchquerten eine Art niedriger Heide, von der Sonne vertrocknet, wo nur wenig Gras wuchs. Ab und zu zogen Wolken auf, hüllten sie ins Dunkel.

»Das muß der Alte sein. Er schließt das Gitter und legt die Riegel vor.«

»Und tut er's gewissenhaft?«

»Der? Der macht eher zwei- als einmal zu. Ich hatte viel Gelegenheit, ihn zu beobachten, das können Sie mir glauben.«

»Kommen viele Leute ins Schloß?«

»Niemand außer ein paar Lieferanten.«

»Die vom Schloß – gehen sie aus?«

»Der Hausherr ja. Er nimmt regelmäßig das Auto und den Chauffeur. Die anderen rühren sich kaum.«

Die beiden Männer setzten schweigend ihren Weg fort. Bruno betrachtete verstohlen Raoul. Im Ausgehanzug, eine Blume im Knopfloch, schien er aus einem vornehmen Haus des Faubourg Saint Germain zu kommen. Der nächtliche Spaziergang mit dem

Dandy hatte etwas Verblüffendes. Das war so phantastisch, daß sich Bruno mit der Hand über die Augen fuhr. Nein, die Szene spielte sich in der Wirklichkeit ab. Das Schloß von Eunerville lag vor ihnen. Es strotzte von Kaminen, Wetterfahnen, Blitzableitern.

»Renaissance«, meinte Raoul. »Hübscher Brocken. Dieser Louis-XIII.-Flügel gefällt mir weniger.«

Sie liefen die Mauer entlang bis zum monumentalen Eingangstor und entdeckten den eingelassenen Brunnen. Man konnte ihn von innen wie von außen benutzen. Ein eisernes Fallgatter teilte ihn in zwei Hälften. Raoul kletterte entschlossen auf den Rand und tastete mit den Fingerspitzen nach dem Ende der Mauer. Dann schnellte er lautlos und mit erstaunlicher Geschmeidigkeit hoch, verschwand auf der anderen Seite. Ein leiser Pfiff kündigte Bruno an, daß die Luft rein war; der junge Mann überwand seinerseits das Hindernis.

»Kein Wehwehchen?« flüsterte Raoul.

»Nein, Chef.«

Sie erkannten die Aufteilung der Gebäude jetzt besser. Hinter einem sehr geräumigen Hof zog sich das Kernstück des Ganzen hin. Die beiden Flügel rückten in Richtung Tor vor wie die Seiten eines Dreiecks. Der Ehrenhof mit dicken, glitzernden Pflastersteinen glich einem friedlichen Teich. Raoul wandte sich von der schützenden Mauer weg ins volle Licht.

»Sie werden uns sehen«, murmelte Bruno.

»Na und? Wir führen nichts Böses im Schilde. Wir besuchen die Sammlungen als Touristen.«

Raoul ging zur Freitreppe.

»Gehen wir lieber durchs Dienstbotenzimmer«, meinte Bruno.

»Durchs Dienstbotenzimmer – wie der Krämer oder der Fleischerjunge? Ein bißchen Haltung, mein Junge, wenn ich bitten darf! Kopf hoch, Bruno. Vergessen Sie nicht Ihren Rang. Und meinen auch nicht. Sie befinden sich in Begleitung eines Apignac.« Sein jungenhaftes Lachen verwirrte den Gefährten wie stets. Er schnippte lässig mit den Fingern und stieg die Stufen empor. Seine Hände streiften sekundenlang das Türschloß.

»Kein Hindernis«, sagte er.

Einen Augenblick später standen sie in der Vorhalle, und Raoul steckte das Passepartout wieder in die Tasche.

»Halt dich an meiner Schulter fest«, tuschelte er.

Langsam, Schritt für Schritt, tasteten sie sich in das Dunkel, umgeben von feierlicher Stille. Sie hörten nicht einmal die geheime Arbeit der Würmer in den alten Holzverkleidungen. Alles lag in tiefem, leicht feuchtem Schlaf. Raoul hielt an und flüsterte Bruno ins Ohr: »Achtung, da ist die Treppe!«

Er setzte den Fuß auf die erste Stufe, spürte, wie sie sachte nachgab, und plötzlich, in weiter Entfernung, begann ein piepsiger Ton zu vibrieren, der nicht nachließ.

»Verdammt!« rief Raoul, »eine Alarmglocke!«

Sie lauschten wie angewurzelt. Oben schrillte der erstickte Ton, dem Rasseln eines winzigen Weckers ähnlich.

»Hauen wir ab«, stotterte Bruno.

»Halt die Klappe, du Dummkopf!«

Raouls Gehirn funktionierte rasch. Mit gespannten Muskeln und geballten Fäusten dachte er nach, während das Signal unbarmherzig durch die Weite der stillen Räume schellte.

»Hauen wir ab«, wiederholte Bruno.

»Willst du dich abknallen lassen wie ein Hase?« fragte Raoul kühl.

»Aber die werden gleich kommen.«

»Noch nicht. Denen sitzt der Schreck noch mehr in den Gliedern als dir. Bevor sie sich entschließen . . .«

Raoul knipste die elektrische Lampe an, richtete sie auf die Tür der Vorhalle.

»Du wirst auf der Schwelle abwarten. Auf der Schwelle, verstanden? Von oben kann dich niemand sehen. Sowie dir was komisch vorkommt, schleichst du an der Mauer entlang bis zum Brunnen und legst dich da auf die Lauer. Wenn du irgendwas Anormales feststellst, imitiere einen Vogelschrei und hau ab. Ich hol dich am Turm wieder ein.«

»Aber Sie, Chef . . . Der Hund?«

»Laß das meine Sache sein. Na los, beeil dich!«

Mit ein paar Sätzen durchquerte Bruno die Vorhalle. Raoul schaltete das Licht aus. Die Glocke schepperte nervenzerreißend, ununterbrochen. Aber nichts regte sich. Kein Hundegebell. Schritte auf der Etage hätten das alte Parkett sicher knarren lassen. Wäre er brüsk aufgewacht, hätte der Schloßherr für Licht gesorgt. Logischerweise hätte etwas geschehen müssen. Irgend etwas. Ein Geräusch . . . Aber was sollte diese erschreckende, durch das obstinate Geklingel noch furchtbarere Stille?

Raoul nahm ganz behutsam die Treppe in Angriff. Wo war der Hund? Der mußte doch plötzlich auftauchen und dem Eindringling an die Gurgel springen? Was für ein Hinterhalt lag im ersten Stock verborgen, wo die schwache Glocke ihr Geklingel hartnäckig fortsetzte? Raoul wischte sich über das Gesicht. Weitermachen war Wahnsinn. Er tat es trotzdem mit leicht eingezogenen Schultern, erwartete jede Sekunde eine Schrotladung mitten ins Gesicht. Seine Hände ertasteten eine Tür, dann eine andere. Der Flur war geräumig.

»Na los, Marquis«, grinste Raoul. »Dem Feind entgegen, mit lächelndem Gesicht!«

Er machte seine Blendlaterne wieder an, ließ den Lichtstrahl in alle Richtungen kreisen. Der Flur lag verlassen da. Kalte Wut stieg allmählich in Raoul auf. Die Glocke hallte in seinem Schädel wider, zerrte an seinen Nerven. Er lief hackenknallend zur Tür, hinter der das Signal scheppterte, und öffnete sie. Der Schein fiel auf ein riesiges Bett, kletterte hoch zum Kopfkissen und blieb an einem unbeweglich-fahlen Gesicht hängen.

»Teufel, der Kerl ist wirklich nicht mehr schön.«

Der Mann hatte eine Glatze und riesige, rote Brauen, die seine geschlossenen Augen halb verdeckten und ihm einen außergewöhnlich harten Ausdruck gaben. Raoul ging einen Schritt vor.

»Gestatten Sie, mein Prinz?«

Er schlug die Decke zurück, sah eine behaarte Brust, und plötzlich brach er in Lachen aus. Seine ganze nervöse Spannung entlud sich mit einem Schlag. Er mußte sich die Seiten halten.

»Entschuldigen Sie«, stammelte er, indem er den Knopf der Nachttischlampe herunterdrückte. »Gestatten Sie, daß ich mich vorstelle: Raoul d'Apignac, alter gascognischer Adel ... Kennen Sie nicht? Und Arsène Lupin, sagt Ihnen das etwas? ... Diese Alarmglocke ist ziemlich lästig, finden Sie nicht? Wir könnten sie vielleicht zum Schweigen bringen ... Nein, nein. Nur keine Umstände, lieber Freund. Alarmglocken sind mein täglich Brot ... Da haben wir sie! Besser so? Jetzt kommen wir gar nicht auf die Idee zu erwachen, denn wir dürfen doch den guten Lupin nicht stören!«

Nun war das Geklingel vorbei, und seine Stimme hallte seltsam im Raum wider, so daß Raoul instinktiv leiser wurde.

»Aber wenn wir sowieso nicht erwachen, wozu all die Vorkehrungen? Nicht sehr logisch.«

Mit dem Daumen hob er ein Augenlid des Schläfers an.

»Betäubungsmittel, ganz klar. Man hat intimen Kummer, will alles vergessen.«

Er scherzte, aber seine Augen durchforschten das Zimmer, bemerkten jedes Detail: die Bärenfelle auf dem Parkett, die Stilmöbel, die goldene Uhr auf dem Nachttisch, daneben eine dicke

Brieftasche aus Russisch Leder. Die machte er auf.

»Nein, nein, ich werde Ihre Gastfreundschaft keineswegs miß-
brauchen. Außerdem interessiert mich Geld nicht mehr.«

Er fand Visitenkarten, Briefe, Papiere auf den Namen Hubert
Ferranges.

»Das ist aber nett, Hubert«, meinte er und betrachtete den
dicken Mann mit den wilden Brauen. »Die Huberts sind im all-
gemeinen von angenehmer Art und freundlichem Wesen.«

Er legte die Brieftasche wieder fort und öffnete die Schublade
des Nachttisches.

»Sie sind gastfreundlich und fröhlich«, fuhr er fort und nahm
dabei einen enormen Smith-and-Wesson-Revolver mit kurzem
Lauf heraus. »Aber manchmal erweisen sie sich als ziemliche
Geheimnistuer, und dann ist es besser, sie zum Verbündeten zu
haben als zum Gegner ... Was, zum Teufel, wollen Sie mit diesem Spielzeug, mein Freund? Die Jagdsaison ist zu Ende, und
Kaiser Wilhelm hat uns noch nicht den Krieg erklärt.«

Er legte die Waffe wieder in die Schublade, wandte sich zur
halbgeöffneten Tür, lauschte einen Moment.

»Hast du nichts gehört, Hubert? Mir war doch so ...«

Er löschte die Nachttischlampe. Hatte Bruno geschrien? Eine
brutale, durchdringende, in die Augen springende Gewißheit
packte ihn: Er befand sich nicht allein im Schloß, ein anderer
Besucher bewegte sich irgendwo im Dunkel durch Flur und Zimmer. Jemand, der vorsichtigerweise vom Hausherrn bis zu den
Dienstboten alle Schloßbewohner betäubt hatte, bevor er sich
hineinwagte.

Also lautlos wie ein Schatten zurück auf den Gang. Er beugte
sich über die steinerne Rampe, hörte aber nur das Rauschen des
Blutes in den eigenen Adern. Er knipste seine Lampe an, öffnete
eine weitere Tür – und fuhr zurück: der Hund, die Bulldogge ...
Das Tier lag bewegungslos auf dem Bauch, die Schnauze zwischen den Pfoten. Raoul bückte sich, kraulte ihn zwischen den
Ohren.

»Gutes Hundchen hat sein Herrchen erkannt!«

Unter dem erstarrten Lid stand der aufgerissene Augapfel still.
Der betäubte Hund verharrte in Lauerstellung, die Lippen über
die Fangzähne hochgezogen. Raoul stand auf, ließ den Lichtkegel über die Wände gleiten, den Teppich, das Tischchen, das
Bett. Zum zweitenmal wurde er überrascht. Ungläubig lächelnd,
machte er drei Schritte, hielt entzückt an. Der blaue Schein der
Lampe erhellte ein bezauberndes Gesicht, geborgen in einem

Nest von blonden Haaren. Wie alt mochte sie sein? Siebzehn Jahre, hatte Bruno gemeint. Aber sie wirkte wie kaum fünfzehn. Die braunen Wimpern blieben sanft gesenkt. Raoul hatte den Eindruck, daß sie sich plötzlich heben, daß zwei große, violette Augen ihn dann voller Freundschaft betrachten würden. Ein weißer Arm war herausgeglitten und hing über die Bettdecke. Raoul beugte sich fasziniert über das Bett.

»Lupin«, stöhnte er. »In deinem Alter!«

Er versuchte zu scherzen, aber gewaltige Erregung ließ seine Stimme zittern. Konnte das sein, nach so vielen Abenteuern, so vielen Begegnungen?

»Sei vernünftig, Lupin! Du siehst doch, daß sie noch ein kleines Mädchen ist!«

Ein zartes Parfüm stieg aus dem Kopfkissen auf. Nie hatte Raoul soviel Frische, Jugend und Grazie gesehen. Schüchtern streckte er die Hand aus.

»Junges, unbekanntes Mädchen, Sie sind schön. In diesem Augenblick möchte ich Ihnen im Traum erscheinen.« Aber sofort fügte er hinzu: »Du machst vielleicht eine komische Figur, Marquis. Du gurrst hier herum, dabei hast du graue Haare und Krähenfüße an den Augen.«

Verwirrt konnte er seinen Blick nicht losreißen von dem strahlenden Gesicht. Schließlich hielt er es nicht mehr aus, er verbeugte sich:

»Auf die Knie, Lupin, vor so viel Unschuld und Tugend. Die Schöne und das Tier!«

Er führte die Hand des jungen Mädchens an seine Lippen, löschte die Lampe und ging leise rückwärts aus dem Zimmer.

»Wenn ich das brutale Schwein treffe, das sich erlaubt hat . . .«

Denn kein Zweifel: Ein anderer geisterte durch das Schloß. Wohl auch ein Sammler! Aber wie hatte der den wachsamen Bruno überlistet? . . . Der Brunnen, verdammt noch einmal! . . . Jeder x-beliebige konnte im Vorübergehen Narkotika in den Eimer schütten. Und jetzt wählte der Bandit in der Galerie sorgfältig aus . . .

Raoul lief den Korridor zum rechten Flügel entlang. Das durch die hohen Fensterläden gefilterte, noch graue Licht genügte ihm als Wegweiser. Wo war der Unbekannte hereingekommen? Wahrscheinlich durch den Keller oder durch das Büro, dann über eine zweite Treppe, denn die Alarmklingel hatte bei ihm nicht funktioniert. Er mußte jeden Schlupfwinkel kennen.

Die Galerie begann am Ende des Ganges. Raoul leuchtete auf

die zweiflügelige Tür, drückte plötzlich die Klinke herunter. Die Angeln quietschten unangenehm. Schon durchkämmte der Lichtstrahl die Tiefen der Galerie. Niemand!

Raoul wagte sich in den riesigen Saal und vergaß auf der Stelle jede Vorsicht. Was für Wunderwerke boten sich ihm da an, neue bei jedem Schritt!

»Da brauchte man Stunden, um das alles zu schätzen! ... Dieser Mantegna ... Und dieser Largillière! ... Dagegen scheint mir dieser Johannes der Täufer, signiert Leonardo da Vinci, zweifelhafter ... Ich begreife, daß sie im Ministerium der ›Schönen Künste‹ da ein wenig skeptisch sind.«

Er richtete seine Laterne auf eine Konsole und wurde mit kostbaren Reflexen belohnt.

»Ah, da haben wir den berühmten Kelch – und den Heiligenschrein aus dem fünfzehnten Jahrhundert.«

Das Gefühl der Macht berauschte ihn. In seiner Pariser Wohnung hatte er alles ausgetüftelt, ohne etwas zu sehen, indem er lediglich Kataloge und Karten benutzte. Und jetzt war er Herr über diese Reichtümer. Nur ein Griff von ihm, und ein neues, würdigeres Schicksal wartete auf sie.

Plötzlich fuhr er zusammen. Diesmal war kein Irrtum möglich: der Schrei der Schleiereule. Er lauschte und hörte den Schrei wieder und stärker. Unten mußte Bruno den mysteriösen Besucher erspäht haben.

Raoul drückte das Gesicht ans nächste Fenster und erschrak über das unfaßbare Schauspiel, das sich ihm durch die schrägstehenden Stäbe der Fensterläden bot: Drei Schatten überquerten den Hof in Richtung Eingangstor. Sie kamen wohl aus dem linken Schloßflügel und hatten es sehr eilig. Einer marschierte an der Spitze, die anderen trugen ein langes Paket, eine menschliche Form, in eine Decke eingerollt. Raoul fühlte, wie ihm Schweiß die Stirn überzog. Verflucht! Während er die Sammlungen angaffte, entführten die Typen ...

Er stürzte die Treppe hinunter, rannte durch die Vorhalle. Die Gruppe verschwand im Schutz der Mauer, nahe dem Tor. Raoul schloß die Tür hinter sich. Eine Wolke verbreitete komplizenhaft Dunkelheit auf dem Hof. Er nahm alle Kraft zusammen.

Die drei Männer gingen nicht auf die Straße, sondern bewegten sich am Gitter entlang. Am rechten Flügel vorbei erreichten sie den Park. Raoul verlor sie sofort aus den Augen, aber es fiel ihm leicht, sie am Geräusch ihrer Schritte auszumachen. Er nahm seinerseits denselben Weg, orientierte sich zwischen Büschen und Bäumen. Die mysteriösen Unbekannten fand er wieder, als sie das Anwesen durch ein kleines Ausfalltor verließen. Hinter ihnen überquerte er einen Pfad, dann ein Gehölz, das zur Seine hin abfiel. Auf dieser Seite gab es keine Straße. Nur den Fluß.

»Wenn sie bloß nicht per Schiff abhauen!«

Es ging schneller bergab, und plötzlich war das Gehölz zu Ende. Dahinter wurde das Terrain so abschüssig, daß kein Gedanke daran bestand, sich noch weiter vorzuwagen, ohne daß man riskierte, entdeckt zu werden.

»Da gehen sie davon«, dachte Raoul. Er hörte, wie ein Ruder an die Planken eines Bootes stieß, dann das Klirren einer Kette; auf der glitzernden Wasseroberfläche erkannte er Wellenbewegungen. Ein Mann steuerte mit dem Strom: massive Silhouette, Quadratschädel zwischen den Schultern. Ein weiterer Mann saß vorn, er wirkte klein und mißgestaltet. Der dritte bückte sich fast bis zum Boden.

Seufzer der Erleichterung bei Raoul. Das Boot fuhr nicht hinüber, sondern am Ufer entlang. Ein möglicher Zeuge würde das nicht seltsam finden, denn im Juni bezogen die braven Angler schon vor Sonnenaufgang ihre Positionen.

Raoul lief auf einem sich schlängelnden, engen Weg. Von Zeit zu Zeit verschwand das Gefährt zwischen grünen Büschen oder Bodenwellen. Aber es tauchte immer wieder auf, als dunkle Masse, die sich auf dem silbrigen Fluß abzeichnete. Aber der Weg stieg ständig an, die Entfernung zwischen Raoul und dem Boot wurde größer.

»Das war vielleicht ein Fehler«, sagte er sich. »Ich hätte wohl besser gleich eingreifen sollen.«

Das Boot näherte sich einer Gruppe von drei Trauerweiden, glitt in deren Schatten. Raoul rannte, dann blieb er stehen.

»Na, das ist doch . . . Was treiben die bloß?«

Der Kahn war verschwunden.

Verblüfft machte er noch ein paar Schritte, hielt wieder an, reckte den Hals, unterdrückte einen Fluch. Unter der Decke der drei Bäume glitt das Boot wieder hervor. Aber es war leer, völlig leer. Bald lag es ruhig an seinem Haltetau.

Wo waren die Männer? An dem steilen Ufer hatten sie nicht landen können. Raoul lief bis zum Steilhang. Von diesem Beobachtungsposten aus erkannte er durch die Zweige die funkelnde Wasseroberfläche.

»Was ist das nun wieder für eine Teufelei?« murmelte er.

Angenommen, das geheimnisvolle Trio war gelandet, wohin waren die Typen dann gegangen? Der Abhang dehnte sich etwa hundert Meter weit nackt und glatt, schwach beleuchtet vom Mond. Was war mit dem menschlichen Paket geschehen? Hätte man es ins Wasser geworfen, wäre Raoul das Platschen nicht entgangen. Also, was? Die drei Männer und ihr Opfer mußten sich noch am Fuß der drei Trauerweiden befinden, und dennoch war Raoul sicher, daß sich unter dem Blätterwerk keiner verstecken konnte. Er lief langsam die Anhöhe entlang, wußte nicht, wohin. Wenn er bis zum Fluß hinunterkletterte, gab er eine wunderbare Zielscheibe für die Schüsse der Unbekannten ab. Und wozu sollte er ein leeres Boot von nahem ansehen?

Er setzte sich auf einen breiten, flachen Stein. Der Kahn befand sich in nicht mehr als fünfzig Meter Entfernung, er sah ganz deutlich den Reflex der Kette und eine kleine Pfütze zwischen den Planken. Auf einmal gerann ihm das Blut: eine Art erstickter Klageschrei, ganz in der Nähe. Er drehte sich um. Kein Mensch! Leere, soweit der Blick reichte. Der Wind vielleicht? Nein, er verspürte nicht den Hauch einer Brise.

»Also, du tust mir wirklich leid, Marquis. Brummen dir schon die Ohren . . . Was?«

Wieder hallte der Schrei, lang, schmerzlich, voll unsagbarer Angst, und Raoul sprang auf. War das möglich? Aus den Bäumen kam das nicht. Das war viel näher, schien aus der Erde hochzusteigen: der Seufzer einer gequälten Seele.

»Das nicht, Lisette. Ich will mich schließlich nicht . . .«

Gemurmel. Der Eindruck war so stark, daß Raoul brüsk herumfuhr. Eine heimtückische Angst, die er nicht bändigen konnte, begann an seinen Nerven zu zerren. Im Laufe seines abenteuerlichen Lebens hatte er schon vielen Gefahren ins Auge gesehen, aber so einer merkwürdigen Situation war er noch nie ausgesetzt gewesen.

»Genug«, bettelte die Stimme. »Genug! . . . Hilfe!«

Das kam von weit her, verloren in einem unwirklichen Raum, und gleichzeitig war sie nahe, stand unerklärlich in der Luft.

»Helft mir!« schrie sie. »Hört auf, hört auf!«

Bleich geworden, ballte Raoul die Fäuste, drehte sich mit feuchten Schläfen im Kreis. Ein fürchterliches Röcheln ließ sich unten vernehmen und plötzlich eine andere, rüde, brutale Stimme: »Sprich schnell! Sonst . . .«

Da erst begriff Raoul. Geduckt, fast auf allen vieren, stieg er langsam den Abhang hinunter.

»Du weißt also, was du tust? Du willst nicht sprechen?«

»Nein!«

»Na los, Gregor.«

Ein tierischer Schrei drang neben ihm aus einer Gruppe flacher Felsen.

Er zertrat ein paar Brombeersträucher, hockte sich hin. Eine Kluft gähnte, und er leuchtete hinein. Ein Luftschacht, verdammt! Darunter mußte ein Steinbruch sein.

»Helft mir«, flehte die Stimme.

»Du kannst schreien, soviel du willst ... Also nein? Mach weiter, Gregor.«

An die Felsen gedrückt, bekam Raoul jedes Wort des fürchterlichen Verhörs mit, das sich unter ihm abspielte. Die Ereignisse setzten sich in seinem Kopf mit einer solchen Logik zusammen, daß ihn der kalte Schrecken packte. Die Schloßbewohner betäubt, ein Verbrechen nach lange ausgetüfteltem Plan, die Entführung eines Bediensteten, das Boot am Eingang einer verlassenen Grotte, jetzt die Marter ... Und morgen ein verfaulender Leichnam für die Wasserratten.

»Genug«, stöhnte die Stimme. »Genug ... Ich will ja sprechen.«

Raoul steckte den Kopf in die Öffnung, wurde eins mit dem Boden, atmete die fade, modrige Luft ein. Aber er machte gleich auch einen anderen Geruch aus und erschauerte: es roch nach Verbranntem.

»Beeil dich, dann ist's überstanden.«

»Gebt mir zu trinken.«

»Erst erzähl!«

»Zu trinken ...«

»Ich warne dich. Wir fangen von vorne an ... Na los, Gregor!«

Wieder der entsetzliche Schrei. Raoul schlug sich fluchend die Nägel in die Handflächen. Stille dort unten, dann wieder die rohe Stimme: »Ich glaube, er ist bewußtlos. Gregor, den Schlauch.«

Raoul sprang zurück. Es war nicht zu spät. Mit ein bißchen Glück und dem Überraschungseffekt ... Einer gegen drei, das war fast zu einfach. Er sprang vorwärts in die Tiefe. Und schon beherrschte ihn nicht nur der Wille, den Gefangenen von seinen Qualen zu befreien. Er begriff, daß das alte Schloß von Eunerville außer seinen Sammlungen ein noch größeres Geheimnis bergen mußte. Von diesem Geheimnis versprach er sich ... Er rannte über den steinigen Boden und wiederholte ganz leise, so, als ob sein Wille stark genug wäre, die Erde bis zum Hirn des Sterbenden zu durchdringen: »Halt stand, Freund, nur noch fünf Minuten, und ich rette dich ... Halt stand! Ich bin's, Lupin. Ich komme.«

Die Trauerweiden standen fast zu seinen Füßen. Er hängte sich an die Kante über ihm, fühlte die höchsten Äste an seinen Knöcheln, öffnete die Hände, glitt durch das Blätterwerk, schnellte zurück, hielt sich eine Sekunde fest, erkannte unter sich eine enge, sumpfige Böschung und die Bootskette; geschmeidig fiel er auf den unsicheren Boden und empfand keinerlei Überraschung, als er die Öffnung eines unterirdischen Ganges vor sich erkannte, der mitten in die Klippen hineinführte. Seine Blendlaterne erleuchtete die verrosteten Gleise einer Feldbahn. Früher hatten wohl die Lastkähne hier angelegt, um direkt beladen zu werden. Also brauchte man den Gleisen nur zu folgen.

Elementarste Vorsicht ließ Raoul das Licht ausknipsen, und so stolperte er über die Schienen. Ein Gedanke packte ihn, hämmerte in seinem Kopf: »Wenn er bloß nichts sagt!« Er blieb stehen und lauschte. Nichts als laue, unerträgliche Stille. Er dachte daran, daß sich Geräusche unter der Erde ziemlich launisch fortpflanzten. Vielleicht war er noch sehr weit von den drei Banditen entfernt? Vielleicht kam er zu spät? Er stolperte über ein Metallrohr, schlug fast lang hin. Für einen Sekundenbruchteil machte er Licht. So ein Pech! Eine Kreuzung, Weichen lagen da vor ihm. Unmöglich, sich zu orientieren.

Er hielt sich einfach nach rechts. Und plötzlich, ganz hinten, ein kleiner roter Schein, der größer wurde. Raoul verlangsamte den Schritt, erriet eine zweite Weichenanlage. Das linke Gleis kam nach Umwegen wieder auf seines zurück, die Schienen durchquerten einen weiten, runden Raum, dessen Umrisse von der Glut eines Kohlenfeuers vage erhellt wurden. Die Folterknechte waren verschwunden. Offenbar hatten sie sich durch den linken Gang zurückgezogen und Raouls Weg ahnungslos gekreuzt. Aber sie hatten ihr Opfer nicht mit fortgeschleppt. Der Mann lag bewegungslos neben dem Feuer, die nackten Füße noch den Kohlen zugewendet. Raoul leuchtete ihn an: ein großer Greis mit weißem Bart, muskulös, solide, ein edles Gesicht, aber vom Schmerz verkrampft. Raoul hob ihn auf, zog ihn vom Feuer weg.

»Sie sind doch nicht tot, mein Bester? Nein, das können Sie mir nicht antun ... Sie werden brav wieder ins Leben zurückkehren und mit mir plaudern.«

Während er redete, drehte er den Lichtkegel auf die Füße des Unglücklichen, schnitt eine Grimasse, berührte behutsam das versengte Fleisch.

»Na, na! Weniger schlimm, als man glauben könnte.«

Der Greis wand sich, fiel in sich zusammen.

»Haben Sie Mitleid«, stöhnte er. »Ich habe doch alles gesagt.«

Er stammelte unverständliche Worte. Raoul mußte niederknien, sein Ohr streifte die farblosen Lippen.

»Noch mal«, befahl er. »Wie war das? ... Der heilige Johannes? Was hat er gemacht, der heilige Johannes? ... Der heilige Johannes folgt auf Jakob? Völlig klar, leuchtet unbedingt ein! Und weiter? ... D'Artagnan ... Ja, ich verstehe. D'Artagnan ... Ganz ruhig, Opa. D'Artagnan erobert Ruhm und Reichtum ... Luter, zum Donnerwetter! Ruhm und Reichtum mit der Degenspitze ... Ganz klar, daran gibt's nichts zu deuten. Bist du sicher, daß du nichts vergessen hast? Etwas Erklärendes vielleicht?«

Seine Augen funkelten vor Erregung, er hatte den Alten an den Schultern gepackt und schüttelte ihn freundschaftlich.

»Gib dir 'n Ruck, Vater. Pack aus, dann bist du aus dem Schneider.«

Der Alte zuckte zusammen, bäumte sich ein letztes Mal auf, verzerrte den Mund.

»Ha«, machte Raoul. »Das Blut? Bist du sicher: das Blut?«

Dem Alten flatterten die Augenlider, er fiel zu Boden. Raoul hielt ihn weiter gepackt, bleich, voll kontrollierter Roheit.

»Antworte! Nun antworte doch. Anschließend kannst du sterben ... Wessen Blut? ... Also, Junge, reiß dich zusammen ... Was für'n Blut ist das?«

Aber der Alte regte sich nicht. Er konnte das Schlüsselwort für den Rest des Rätsels nicht mehr preisgeben. Er blieb bewußtlos, und sein Wachsgesicht schimmerte scheußlich.

»Waschlappen«, knurrte Raoul. »Das hatte sich doch so gut angelassen. Noch drei Sekunden, und er hätte alles ausgespuckt.«

Er wischte dem Unbekannten die schweißtriefende Stirn.

»Hab keine Angst mehr, Methusalem. Du bist gerettet ... Nur noch eine Minute Geduld.«

Er stand bei den Glutkohlen im düsteren Gang, so lässig wie im Jockei-Klub, und prüfte die Lage mit seiner hervorragenden Kaltblütigkeit, jener Entschlossenheit, die ihm erlaubte, die schwierigsten Situationen zu meistern. Plötzlich lächelte er jungenhaft.

»Na los, Opa, wir hauen ab. Ich nehm' dich mit in meine Klinik. Und ich verspreche dir, in vierzehn Tagen hüpfst du wie ein Hase.«

Er hievte sich den Greis auf den Rücken.

»Du bist schwer, Urahn . . . Mensch, bist du schwer!«

Gebeugt unter der Last, ging er zurück, hielt an, um am Eingang nach Luft zu schnappen. Das Boot lag nicht mehr unter den Weiden. Sicherlich hatten die drei Männer angenommen, ihr Opfer sei tot. Raoul kicherte nervös, nahm alle Kraft zusammen und lud sich seine Last wieder auf.

»Immer noch am Leben? Aus echtem Schrot und Korn ist der Ehrwürdige. Was für eine Generation!«

Und weiter ging's. Das Tageslicht kam aus der Gegend von Quilleboeuf, aber die Landschaft sah noch verlassen aus. Oben vom Turm aus durchkämmte Bruno wohl jede Bodenwelle mit dem Fernglas. Sowie er das ungewöhnliche Bild vor die Linse bekam, eilte er sicherlich zu Hilfe. Ermüdung ließ Raouls Knie zittern.

»Daß ich mich aber auch so abrackere . . . Mein Kleiner, du bist doch nicht mehr zwanzig Jahre.«

Gut zwei Kilometer vom Steinbruch zum Auto. Raoul brauchte dafür fast eine Stunde. Zum Glück kam Bruno, der treue Bruno, der gute Samariter. Raoul ließ sich ins Gras fallen.

»Ich starb fast vor Angst«, erklärte Bruno. »Ich fragte mich . . .«

»Schon gut. Kümmere dich um ihn. Kennst du ihn?«

»Das ist der Alte vom Schloß«, meinte Bruno erschüttert. »Der Wächter.«

»Sag mal, du hast doch Medizin studiert, bevor du unter die Räder kamst?«

»Schon, aber ich bin durchgefallen, und deshalb bin ich ja . . .«

»Ich weiß Bescheid. Schlepp den Alten ins Auto.«

»Wollen Sie ihn ins Krankenhaus bringen?«

»Wo denkst du hin? Ich behalte ihn, der Kerl ist viel zu wertvoll. Hast du seine Füße gesehen? Glaubst du, daß man einen Typ dieses Baujahrs entführt und für nichts und wieder nichts in so einen Zustand versetzt?«

»Was wollen Sie mit ihm anfangen?«

»Ich? Gar nichts. *Du* wirst mit ihm was anstellen. Ihn pflegen, ihn rasch heilen. Danach gib mir Bescheid. Verstanden, Doktor?«

»Aber wo soll ich Ihrer Meinung nach . . .«

»Ich habe Beziehungen hier in der Gegend. Alles klar? Dann

los, vorwärts.«

Er schnellte hoch, geschmeidig, ausgeruht, sprühend vor Lebenskraft. Mit einem Satz war er im Wagen.

»Festhalten, du da hinten! Ich hab's eilig.«

Kurz darauf durchfuhren sie das schlafende Honfleur. Raoul summte vor sich hin, seine Finger hämmerten einen Marsch auf das Steuerrad: »Heiliger Johannes . . . Jakob . . . D'Artagnan . . .«

Das Auto drehte ab auf die Straße nach Trouville, wirbelte seitlich Kieselsteine auf. »Johannes . . . Jakob . . . Johannes folgt auf Jakob, und d'Artagnan erobert . . . Meine Fresse«, dachte Raoul. »Der Alte ist Nostradamus persönlich . . . Aber das Blut, das Blut . . . Zum Teufel, wessen Blut?« Die Hecken am Straßenrand schienen plötzlich dem Wagen auszuweichen und sich hinter ihm wieder aneinanderzudrücken. »Er wird reden, er muß es einfach, mir wird er's sagen. Und wenn ich das Geheimnis kenne . . .«

Raoul hielt vor einem abgelegenen Landhäuschen. Ein weißer Zaun vor einem adretten Garten, geschlossene Fensterläden. Er stieg aus, stieß das Tor auf, klopfte an die Tür. Einmal, zweimal, dann wurde er nervös.

»Also, wird's bald?«

Ein Fenster im ersten Stock ging auf, und eine zittrige, alte Frauenstimme fragte: »Wer ist denn da?«

»Wer wohl? Der Papst.«

»Mein Gott! Du – du, mein Kleiner!«

Einen Augenblick später öffnete sich die Tür einen Spalt.

»Ich bin's, Victoire. Wollte dir im Vorbeigehen guten Tag sagen.«

Bestürzt sah Victoire ihn an. Er machte Bruno ein Zeichen, der trat mit dem leblosen Greisenkörper vor.

»Ich bringe dir ein Baby«, meinte Raoul.

»Alles, nur das nicht«, protestierte Victoire. »Von deinen Machenschaften habe ich genug. Schluß damit, hörst du? Ich bin zu alt.«

»Du und alt – na hör mal! Du wirkst noch wie siebzig. Gute Victoire, du wirst mir doch den Gefallen tun? Den letzten.«

Er drängte Bruno in den Flur, führte ihn zu einem kleinen Zimmer auf der anderen Hausseite, mit Blick auf die Felder.

»Gitterstäbe an den Fenstern und ein Schloß an der Tür – perfekt! Man kann nie wissen . . . Leg ihn aufs Bett. Du bleibst hier, Bruno, und wirst ihn pflegen. Victoire geht ins Dorf, Medikamente holen. Ihr seid mir beide verantwortlich für ihn. Kein

Wort zu irgend jemandem, oder ich reiße euch die Zunge heraus! Wenn ich mich recht erinnere, gibt's da oben ein zweites Zimmer. Da führt dich Victoire hin, du brauchst Schlaf.«

»Aber, mein Kleiner«, sagte Victoire, »du machst mir Angst. Auch du mußt schlafen.«

Raoul schnappte sich einen Stuhl, setzte sich rittlings neben das Bett.

»Schlafen? Das meinst du doch nicht im Ernst? Meine Alte, du hast keine Ahnung. Das Geheimnis von Eunerville . . .«

II. Ein Stück Geschichte

Ungeachtet meiner freundschaftlichen Beziehungen zu Arsène Lupin, trotz des Vertrauens, mit dem er mich oft auszeichnete, gibt es doch Geheimnisse in seinem Leben, hinter die ich noch nicht gekommen bin. Besonders gilt das für seine ungewöhnliche Fähigkeit, sich nicht nur auf jede denkbare Art zu verkleiden, sondern auch in die Haut anderer Persönlichkeiten zu schlüpfen, so daß er buchstäblich eins mit ihnen wurde. Hat er wirklich mit Fregoli gearbeitet, wie er vorgibt? Ist er aufs Konservatorium gegangen? Er behauptet es jedenfalls. Stimmt es, daß Meliès ihm Taschenspielertricks beigebracht hat? Fragt man ihn präzise, so begnügt sich unser Nationalabenteurer mit einem Lächeln. Oder er antwortet so wie damals, als ihn der Untersuchungsrichter Formerie verhörte: »Ich bin mehrere Personen, Herr Richter, und sehr schlecht über den Lebenslauf meiner verschiedenen Ichs unterrichtet.«

Soviel ist immerhin sicher, daß Ernestine, Dienerin bei Meister Frenaiseau, dem Notar in Honfleur, einen kleinen alten Herrn mit altmodischem Anzug und bezaubernden Manieren an diesem Morgen ins Wartezimmer führte. Dieser bat sie, ihn als Graf Honoré de Bressac anzukündigen. Er kniff sie so freundlich in die Wange, daß es ihr sehr schwer gefallen wäre, sich darüber zu ärgern. Maître Frenaiseau seinerseits empfand herzliche Sympathie für den Grafen de Bressac, sowie er ihn sah. Die Sympathie wandelte sich in wahre Rührung, als er begriff, daß sein adliger Besucher eine verzehrende Geschichtsleidenschaft mit ihm teilte.

»Ich habe durch meinen Vetter erfahren, daß das Schloß von Eunerville zum Verkauf steht«, begann der Graf, nachdem er sich im bequemsten Sessel des Kabinetts niedergelassen hatte. »Und ich verberge Ihnen nicht, daß ich es gern erwerben würde.« Ein kleines, kokettes Lachen, als belustigten seine Marotten ihn selbst am meisten, dann fuhr er fort: »Nicht nur wegen seiner bewunderungswürdigen Architektur und seiner herrlichen Lage, sondern vor allem aus sentimentalen Gründen ... Tja, ich bin eben einer, der alles bewahren will; ich weiß, wie viele ruhmreiche Erinnerungen sich mit dem Namen Eunerville verbinden.«

»Erinnerungen, die zum Teil gar nicht lange zurückliegen. Nur zwei Generationen«, fiel der Notar lebhaft ein, offenbar entzückt darüber, einen Zuhörer für sein Hobby gefunden zu haben. »Wissen Sie, daß unser unglücklicher König Louis-Philippe auf seiner Flucht nach England im düsteren Winter 1848 einige Tage in diesem Schloß weilte?«

»Ich glaube, darüber habe ich gelesen«, sagte der Graf. »Aber es liegen so viele widersprüchliche Berichte über dieses beklagenswerte Ereignis vor. Also, Meister, Sie machen mich nur noch kaufsüchtiger ...«

»Tja, da hat man Sie aber sehr schlecht unterrichtet. Das Schloß von Eunerville steht nicht mehr zum Verkauf.«

»Tatsächlich? Also, das ärgert mich!«

»Glauben Sie mir, es tut mir selbst leid. Ich habe den Kaufvertrag vor fast drei Jahren angefertigt. Mein Kunde war der Ingenieur Jacques Ferranges, ein ausgezeichneter, intelligenter, aktiver Mann – sogar zu aktiv. Er hatte sich nämlich in den Kopf gesetzt, das ganze Anwesen zu modernisieren.«

Der Graf hob bestürzt die Hände.

»Ja«, sagte der Notar. »Ich denke da wie Sie, Herr Graf. Manchmal grenzt die Keckheit der jungen Generation an Vandalismus. Jacques Ferranges begann, elektrische Leitungen zu legen – so weit, so gut. Man muß schließlich mit der Zeit gehen. Aber er wollte außerdem einen Teil des rechten Flügels niederreißen, den Ehrenhof vergrößern, Wasserleitungen schaffen – als ob der Brunnen nicht ausreichte! Die Ställe beabsichtigte er durch eine Garage zu ersetzen. Also, da komme ich nicht mehr mit.«

»Ich auch nicht«, rief Honoré de Bressac heftig. »Hören Sie, könnte ich diesen Herrn Ferranges nicht besuchen?«

»Leider nein. Er ist auf tragische Weise umgekommen.«

Frenaiseau drückte auf eine Klingel, und Ernestine trat ein.

»Erweisen Sie mir die Ehre, von meinem Himbeergeist zu kosten, Herr Graf. Ein köstliches Wasser, kann ich Ihnen versichern ... Ernestine, bitte zwei Gläser.«

Er rückte seinen Stuhl näher an den des Besuchers und fuhr fort: »Jacques Ferranges und seine Frau starben kaum zwei Monate nach ihrem Einzug ins Schloß durch einen dummen Unfall. Sie fuhren auf dem Meer spazieren, ganz in der Nähe, aber das Boot kenterte. Dieses Schloß bringt eben kein Glück. Bedenken Sie: Auch beide vorhergehende Eigentümer sind auf tragische Weise ums Leben gekommen, der erstere durch einen Jagdunfall, der zweite fiel von der Klippe ... Wirklich traurig, das alles.«

»Und was war mit den Ferranges?«

»Nun, sie hinterließen eine minderjährige Tochter namens Lucile. Jacques Ferranges hatte zwei Brüder. Der ältere, Hubert, wurde Vormund für das Waisenkind. Er wohnt jetzt im Schloß.«

Der Notar erhob sein Glas, und sie tranken langsam, genossen den Himbeergeist.

»Wie schade«, nahm der Graf den Faden der Unterhaltung wieder auf. »Da muß ich meine Pläne wohl aufgeben. Glauben Sie mir aber, daß ich meinen Besuch nicht bereue. Wenn ich Sie nur noch nach den näheren Umständen der Flucht des Königs fragen darf ...«

»Aber sicher, ich will Ihnen das erzählen. Ich brauche Ihnen, Herr Graf, wohl kaum die Gründe für die 48er-Revolution ins Gedächtnis zu rufen ...«

»Nein, keineswegs«, seufzte Honoré de Bressac und fügte nachdenklich hinzu: »Mein verstorbener Vater hat mir oft vom Aufruhr berichtet, von der Abdankung, von der Flucht des königlichen Ehepaars nach Trianon, dann nach Dreux.«

»Hat Ihr Herr Vater auch erzählt, daß der König sein Toupet abnahm, damit man ihn nicht erkannte? Daß er nach Dreux mit dem Pferdekarren fuhr, gekleidet in einen Rock aus schlechtem Stoff, die Augen hinter einer Brille versteckt? Hat er Ihnen gesagt, daß der Monarch in Evreux trotz der Verkleidung von einem Nationalgardisten erkannt wurde, der fast Alarm geschlagen hätte?«

»Diese Einzelheiten waren mir nicht geläufig«, gestand der Graf und dachte nicht daran, seine brennende Neugier zu verbergen.

»Da sind Sie nicht der einzige«, stellte der Notar befriedigt fest. »Nach einer langen, unruhigen Nacht kam Louis-Philippe im Schloß von Eunerville an, wo auch die Königin ein paar Stunden später eintraf. Ein idealer Ort, um einerseits das Land zu überwachen, wo Truppen jeden Moment auftauchen konnten, und andererseits lag da das Meer als letzte Rettung. Der letzte Graf von Eunerville war recht betagt, aber er verfügte über einen jungen Verwalter, Evariste, wie er ein ergebener Diener der Monarchie. Die provisorische Regierung hatte sehr strenge Befehle gegeben, um den Küstenstrich zu bewachen. Evariste dachte daran, in Trouville ein kleines Schiff zu mieten. Der Besitzer, ein gewisser Hullot, erhielt dreitausend Francs, wofür er den König an der englischen Küste absetzen sollte. Evariste war es auch, der den König im Planwagen bis nach Trouville brachte.«

»Erregend«, murmelte der Graf, der sich, ohne es zu wollen, nach vorn geneigt hatte und den Notar mit Blicken verschlang.

»Die Fortsetzung ist noch spannender«, fuhr Maître Frenaiseau fort. »Der König ist also in Trouville und alles bereit zur Abfahrt. Aber er fährt nicht. Im Gegenteil: Er kehrt in der Nacht des 2. März ins Schloß Eunerville zurück. Warum? Manche meinen, das Meer sei zu stürmisch gewesen. Andere, daß der Bootsbesitzer im letzten Moment ausgestiegen sei, er fürchtete, denunziert zu werden. All das scheint mir nicht überzeugend. Etwas in der Haltung des alten, gehetzten Königs wirkt unerklärlich. Seine einzige Sorge hätte doch das eigene Heil sein müssen. Sie wissen, daß Louis-Philippe schließlich doch abfuhr, und zwar noch in derselben Nacht vom 2. März, aber in Honfleur, auf dem kleinen Schiff ›Le Courrier‹, welches ihm der englische Konsul in Le Havre zur Verfügung stellte. Das Meer war dort übrigens genauso stürmisch. Andererseits überwachte der Staatsanwalt von Pont-Audemer strengstens alle Häfen und Straßen mit seinen Gendarmen. Warum entschloß sich der König, umzukehren, als er sich in Trouville schon sozusagen auf dem Sprung befand, und nahm eine ebenso furchtbare wie unnütze Gefahr in Kauf? Nun, ich finde nur eine Erklärung für seinen Entschluß: Den unbedingten und plötzlichen Zwang, ins Schloß zurückzukehren. Entweder wollte er noch etwas mitnehmen, was er zunächst treuen Freunden anvertraut hatte, oder er beabsichtigte, ihnen einen Geheimauftrag zu übermitteln, bei dem er bis zur letzten Minute gezögert hatte. *Ich* werde dieses kleine historische Geheimnis nicht aufklären«, schloß Maître Frenaiseau.

»Sie sind schon zu bemerkenswerten Resultaten gelangt«, meinte der Graf. »Gestatten Sie mir, daß ich Sie zu Ihrer Bildung beglückwünsche.«

»Oh, nur keine Übertreibungen«, protestierte der Notar bescheiden. »Die meisten Angaben dazu fand ich in den Memoiren des braven Grafen von Eunerville. Der arme Mann sollte seinen geliebten Herrscher nicht lange überleben. Er starb 1851. Sie finden sein Grab auf dem kleinen Friedhof von Eunerville, neben den Ruhestätten seiner Ahnen.«

Der Graf de Bressac wirkte plötzlich jünger. Er saß gerade aufgerichtet im Sessel, seine Finger spielten nervös auf den Armlehnen, eine starke Erregung hatte ihn gepackt.

»Ein Mann, der Revolution, Kaiserreich und Restauration erlebte«, murmelte er. »Diese Memoiren müssen ganz besonders interessant sein.«

»Ehrlich gesagt, nein. Zunächst entmutigt einen die Lektüre. Das Ganze besteht aus nicht weniger als sechshundert Seiten, eng und oft unleserlich beschrieben. Um sich da hindurchzukämpfen, brauchte man eine Geduld, über die ich nicht verfüge. Man müßte unheimlich viel Freizeit opfern, und das Manuskript wird ungenießbar durch Abschweifungen und nebensächliche Einzelheiten. Die Ereignisse, von denen ich sprach, haben wohl seinen Verstand ein wenig durcheinandergebracht, denn der letzte Teil seiner Memoiren enthält völlig unzusammenhängende Passagen.«

»Zum Beispiel?« fragte der Graf de Bressac lebhaft.

»Wie sollte ich mich daran erinnern? Nichts hindert Sie daran, selbst diese Blätter zu konsultieren. Jacques Ferranges hat sie der ›Gesellschaft für Geschichte und Archäologie der Normandie‹ in Paris geschenkt.«

»Glauben Sie, daß es im Schloß weitere Dokumente über diese Periode geben könnte?«

»Nein, wohl nicht. Doch ich habe nicht alle Bücher der Bibliothek zu Rate gezogen, es sind ja auch fünfzehn- oder zwanzigtausend, und ein Katalog wurde nie angefertigt. Jacques Ferranges versprach zwar, eine Bestandsaufnahme zu machen, aber . . . Ich kann Ihnen versichern, daß die Memoiren trotz allem als wertvollste Quelle für die Geschehnisse Februar/März 1848 gelten.«

Der Graf zeigte sich wieder ganz lässig und fröhlich. Er erhob sich.

»Schade um Schloß Eunerville«, meinte er freundlich. »Aber ich werde immer gern an meinen Besuch in Honfleur zurückdenken.«

Der Notar brachte ihn zur Tür, und noch auf der Schwelle tauschte man Komplimente aus; dann entfernte sich der Graf ein wenig nach vorn gebeugt, aber mit strammem Schritt, den Spazierstock wie eine Waffe schwingend. An der nächsten Ecke richtete er sich auf und ging schneller. Am Hafenbecken stand ein Auto. Zwei Drehungen an der Kurbel, und der Motor sprang an.

»So ein alter Dummkopf«, seufzte der Graf. »Aber sein Schnaps war göttlich. Wenn ich nur wüßte, wessen Blut . . .«

Am späten Nachmittag hatte Raoul d'Apignac seine Verkleidung wieder abgelegt, und erschien erneut als elegantes Klubmitglied. Vor seiner Junggesellenwohnung am Boulevard Péreire stieg er aus dem Auto. Während der gesamten Fahrt hatte er über die Geständnisse von Maître Frenaiseau nachgedacht. Der Besuch beim Notar war schon ein Geniestreich gewesen.

Sicherlich gab es keinen Beweis für einen Zusammenhang zwischen der mysteriösen Entführung der letzten Nacht und den historischen Ereignissen im Schloß vor siebzig Jahren. Nichts in den rätselhaften Worten des gefolterten Greises deutete auf den kurzen Aufenthalt König Louis-Philippes in Eunerville hin. Trotzdem wurde Lupin von seiner einmaligen Intuition in diese Richtung gedrängt. Außerdem verfügte er ja im Moment über kein weiteres Detail, das ihn auf einen anderen Weg gebracht hätte.

Zunächst mußte er sich um jeden Preis das berühmte Manuskript besorgen, welches der Notar allzu hastig überflogen hatte. Er kochte vor Ungeduld. Aber Lupin wußte, daß man gerade dann nichts überstürzen durfte, wenn man in Eile war. Deshalb setzte er sich ruhig an seinen Schreibtisch und zündete sich bedächtig eine Zigarette an. Dann drückte er auf einen versteckten Knopf im Schubfach und zog einen riesigen Aktenordner hervor. Er enthielt die Handschriften aller berühmten Zeitgenossen, Tausende von prominenten Beispielen: Von Lili Amour bis Valenglay, den ehemaligen Ministerpräsidenten, weiterhin von Oberinspektor Ganimard, Bergson, den Abgeordneten Daubrecq und den Heiligen Vater, Pius X. Oft hat man die wunderbare Improvisationsgabe des Arsène Lupin gerühmt. Aber seine schönsten Siege, seine erstaunlichsten Erfolge, verdankte er seiner lückenlosen Methodik. Lupin konnte vor allem arbeiten.

Er studierte einen Augenblick den Abschnitt Gabriel Tabaroux, Institutsmitglied, und runzelte angestrengt die Stirn. Sofort erfaßte er die hervorstechendsten Merkmale der Vorlage, die voneinander abgesetzten Buchstaben, die Ts mit dem dicken

Strich, die den Is ähnelnden Es. Auf einem Bogen Papier übte er kurz die Wiedergabe der schlanken, nervösen Schrift. Endlich suchte er im Adreßbruch auf seinem Schreibtisch die Anschrift der ›Gesellschaft für Geschichte und Archäologie der Normandie‹. Dann begann er in einem Zuge zu schreiben und mit einer Leichtigkeit, bei deren Anblick ein Graphologe vor Angst erbleicht wäre:

Monsieur Gaston Seyroles,
Sekretär der Gesellschaft für Geschichte und ...

Mein lieber Kollege,
Ich erlaube mir, meinen Schützling Raoul d'Apignac Ihrer Obhut anzuvertrauen. Er ist ein vielversprechender junger Forscher. Er hat sich auf die Geschichte Ihres kleinen Vaterlandes spezialisiert und bereitet eine Doktorarbeit über die normannische Kunst vor, die Sie interessieren wird, dessen bin ich sicher. Ich hoffe, daß Sie ihn bei seinen Untersuchungen unterstützen werden, und zeichne, lieber Kollege, mit vorzüglicher Hochachtung ...

Raoul beendete den Brief lächelnd und unterschrieb. Er würde das Manuskript also bekommen. Er nahm sich vor, es ausgiebig zu studieren, es Seite für Seite durchzuforsten. Das konnte eine mühsame Angelegenheit werden, aber vielleicht würde er eben das entdecken, was Maitre Frenaiseaus Aufmerksamkeit entgangen war.

Das Gebäude, in dem sich die ›Gesellschaft für Geschichte und Archäologie‹ niedergelassen hatte, lag in der Rue Bonaparte und war ein altes, friedliches Haus wie in Caen oder Lisieux.

»Monsieur Seyroles?« fragte Raoul.

»Erste Etage, über dem Zwischenstock«, antwortete die Concierge, ohne aufzublicken.

An der Tür eine simple Visitenkarte, mit vier Reißnägel festgemacht. Raoul zog an der Klingelschnur. Was für ein Typ war er wohl, dieser Seyroles? Raoul stellte ihn sich klein und ein wenig schmuddelig vor, mit einer schwarzen Seidenkappe und Watte in den Ohren. Im Augenblick gab der Sekretär der Gesellschaft jedenfalls kein Lebenszeichen von sich. Hatte er das Klingeln überhaupt gehört? Raoul versuchte es nochmals, ohne Erfolg.

»Schade, ein so wohlformulierter Brief. Aber was soll's? Ich bediene mich eben selbst. Daran bin ich schließlich gewöhnt.«

Die Tür brauchte er nur kurz abzutasten, dann gab sie nach. Raoul ging hinein, machte ein paar Schritte in den weiten Raum, dessen Wände bis zur Decke unter Bücherregalen verschwanden. In der Mitte ein langer Tisch, dessen Decke bis auf den Boden hinunterhing. Kartotheken darauf und Schreibzeug.

»Sieht nicht gerade üppig aus«, sagte sie Raoul. »Die Gelehrsamkeit ernährt ihre Leute eben schlecht. Na, dann wollen wir mal!«

Er kletterte auf einen Schemel, genau vor dem Abschnitt mit dem Buchstaben E. Sofort fand er die Lücke: Die Memoiren des Grafen von Eunerville fehlten.

Raoul konnte sich eine zornige Geste nicht verkneifen. Was, da erlaubte sich jemand ... Allerdings hatte der Notar betont, daß dieses Manuskript von ziemlich geringem Interesse sei. Wenn der Bibliothekar doch bloß da gewesen wäre ... Raoul stieg vom Hocker und fuhr heftig zusammen. Dann näherte er sich langsam dem Tisch und hob die Decke an. Zwei Füße lugten heraus, mit Pantoffeln. Weit war der Bibliothekar nicht gekommen.

Raoul verlor keine Sekunde. Jeden Augenblick konnte ihn jemand überraschen. Er kniete sich hin, zog die Decke weg. Der alte Mann sah so aus, wie er ihn sich vorgestellt hatte. Lediglich seine Kappe war heruntergefallen, und seine gestärkte Hemdbrust klebte vor Blut. In Herzhöhe öffnete sich ein winziges Einschußloch. Die Leiche war kalt.

Raoul schlug die Decke zurück und stand auf. Natürlich hatte man Seyroles getötet, um das Manuskript zu stehlen, nichts war klarer als das. Die Liste der Entleiher lag offen am Tisch. Raoul überflog die Kolonne mit den ausgegebenen Werken: MEMOIREN DES GRAFEN VON EUNERVILLE am 6. Juni an Baron Galceran.

Jetzt kontrollierte er die zurückgebrachten Bücher: MEMOIREN DES GRAFEN VON EUNERVILLE am 14. Juni von Baron Galceran.

Das Manuskript hätte also da sein müssen!

Raoul kannte die Gefahr, in der er sich befand. Aber er war bewegungsunfähig. Dieses Verbrechen erschütterte ihn, er spürte unklar, daß er es mit einem mächtigen Gegenspieler zu tun hatte, der entschlossen und rücksichtslos war. Er fuhr sich mit der Hand über Stirn und Wangen.

»Ruhig Blut«, murmelte er, »vielleicht ist alles nur Zufall. Ich darf nicht durchdrehen.«

Er beugte sich über das Register: 14. Juni von Baron Galceran.

Sein Finger irrte über die andere Kolonne: 6. Juni an Baron Galceran.

Und plötzlich stieß er einen Überraschungsschrei aus. Die Buchstaben waren nicht ganz gleich, dabei hätten beide Eintragungen in der Handschrift des Bibliothekars sein müssen. Die erste stammte ohne Zweifel von ihm, aber die zweite, die vom 14. Juni, war eine Imitation. Sie wirkte schwerfälliger, die Bindungen willkürlich.

Jetzt wurde Raoul die Sache klar, er rekonstruierte sie: Ein Mann tötete den Sekretär, versteckte hastig die Leiche, meldete dennoch die Rückgabe des Manuskriptes, um das wahre Motiv des Verbrechens zu verschleiern.

Zorn, Haß, Freude mischten sich in Raoul. Er ballte die Fäuste, atmete heftig, und schnappte sich den Block mit den Anschriften der Benutzer.

G ... Gadois ... Gaffner ... Galabert ... Da haben wir's: Galceran ... Baron Galceran – Nr. 14, Aufgang 2, Rue Cambacérès, Paris.

Raoul verließ das Büro auf Zehenspitzen, durchquerte das Vorzimmer, schloß sorgfältig die Tür.

»Und jetzt beginnt unser Spiel, Aristokrat!«

Raoul hatte sich nicht getäuscht. Der Wohnsitz des Barons, am Ende eines kleinen Gartens, wirkte todchic. Eine Allee führte zur Freitreppe, feiner Sand bedeckte den Weg. Rosenstöcke rahmten ihn ein. Rechts erriet man hinter einem wahren Vorhang von Stauden die Glasscheiben des Wintergartens. Raoul klingelte am Tor, und ein Diener in Livree und weißen Handschuhen öffnete ihm: kleiner Schock für Raoul. Denn diese massige Silhouette, diesen Quadratschädel hatte er am Seineufer im Boot gesehen. Seine Vermutung stimmte also. Er befand sich auf der richtigen Spur.

»Geben Sie bitte meine Karte dem Herrn Baron Galceran. Ich möchte ihn in einer dringenden Angelegenheit sprechen.«

»Ist der Herr verabredet?«

»Nein.«

»Dann fürchte ich, daß der Herr Baron den Herrn nicht empfangen kann. Außerdem speist der Herr Baron gerade.«

Raoul packte den Typ am Jackettaufschlag.

»Spar dir deine Spucke, Dienstbolzen! Bring deinem Chef

meine Karte und sag ihm, daß ich aus der Rue Bonaparte komme.«

»Aber, Monsieur!«

»Mach schon!«

Der verdutzte Typ murmelte etwas, lief wieder ins Haus.
Raoul folgte ihm lässig, pflückte im Vorbeigehen eine Rose, de-
ren Duft er einsog, und die er sich am Knopfloch befestigte.
Schon stand der Domestike wieder vor ihm.

»Wenn Monsieur so freundlich wären, hereinzukommen ...«

Er führte Raoul durch einen reich dekorierten Salon zum Eß-
zimmer, von wo Silberklirren herüberdrang, dann verschwand
er. Raoul verbeugte sich förmlich, und der Baron, die Gabel in
der Hand, betrachtete ihn. Ein Mann um die Dreißig, dick, San-
guiniker, glattrasiert wie ein Schauspieler. Er bemühte sich, kühl
zu erscheinen, aber sein Gesicht verriet Nervosität.

»Ich gestehe, Monsieur«, sagte er, »daß Ihre Beharrlichkeit
mich erstaunt. Um so mehr, als ich sie keinesfalls sehe ...«

Er zuckte die Achseln, tat sich Hühnerbrust auf. Raoul nahm
auf einem Stuhl gegenüber Platz.

»Sie setzen mich in Erstaunen, mein lieber Baron. Sie können
sich wirklich gar nichts denken? Warum, zum Teufel, empfangen
Sie mich dann?«

»Sie brechen hier ein wie – wie ...« Er suchte nach einem Vergleich, verzog das Gesicht und stieß wütend aus: »Erklären Sie,
was Sie von mir wollen!«

Einen Augenblick fixierten sich die beiden Männer. Als erster
senkte der Baron die Lider und fing wieder an zu essen, um Sicherheit vorzutäuschen. Raoul schnappte sich eine Geflügelkeule
vom Teller.

»Sie erlauben doch? Stellen Sie sich vor, ich habe den ganzen
Tag noch nichts zwischen die Zähne bekommen. Ich geh' mit
den Fingern ran, nur keine Umstände!«

Zum erstenmal lächelte der Baron schwach, ging auf das Spiel
ein.

»Albert«, rief er, »noch ein Gedeck für Monsieur!«

Der Diener mit den weißen Handschuhen brachte die Teller.

»Das kommt zur rechten Zeit«, meinte Raoul. »Und da sagt
man, daß die Tradition der Gastfreundschaft verlorengeht ...
Nein, nein, Albert. Keine Radieschen. Einen Finger hoch vom
Pomerol – danke. Kompliment, Baron. Ihr Küchenmeister ist ein
Künstler und diese Poularde ein wahres Wunderwerk.«

Der Baron hatte aufgehört zu essen, beobachtete verdutzt und wider Willen den Mann gegenüber, der in diesem Moment vor Freundlichkeit, guter Laune und Sorglosigkeit nur so sprühte.

»Aber, Baron, ich verderbe Ihnen doch nicht den Appetit? Oder hat das simple Wort ›Rue Bonaparte‹ Sie so verwirrt?« Er sah tief in sein Glas, schnupperte daran. »Was für eine Blume! Auf Ihr Spezielles, lieber Freund. Auf das Gelingen Ihrer Pläne!«

»Würden Sie mir nun sagen . . .« begann der Baron.

»Ja, was denn? Monsieur Seyroles schickt mich – den kennen Sie doch?«

Der Baron knetete eine Brotkugel. »Der ausgezeichnete Sekretär der ›Gesellschaft für Geschichte und Archäologie‹ . . .«

»Eben der. Dieser ausgezeichnete Monsieur Seyroles hat mich gerade beauftragt, von Ihnen ein Buch zurückzufordern, oder besser ein Manuskript: Die Memoiren des Grafen von Eunerville. Aber das scheint Sie zu erstaunen, Baron. Sie glauben nicht, daß Monsieur Seyroles mir einen derartigen Auftrag hätte erteilen können?«

Galceran verschränkte die Arme, wobei sein Nacken ein Fettpolster über dem Hemdkragen bildete.

»Nein«, murmelte er, »das glaube ich nicht.«

»Und warum?«

»Weil ich dieses Manuskript Seyroles persönlich zurückgebracht habe. Ein unbedeutendes Werk übrigens. Ich habe es nur wenige Tage behalten. Das bißchen, was ich entziffern konnte, ist von einem Stil . . . Seltsam, daß der gute Seyroles sich nicht daran erinnert. Allerdings, in seinem Alter . . .«

»Stimmt«, pflichtete Raoul bei, »er ist ziemlich alt. Und wenn man bedenkt, was ihm gerade zugestoßen ist . . .«

»Was denn, ist ihm etwas zugestoßen?«

»Ein kleiner Unfall.«

»Na ja – aber nichts Schlimmes, hoffe ich.«

»Bloß eine Kugel in die Brust. Aber genau an der richtigen Stelle. Damit schickte mich nicht eigentlich der gute Monsieur Seyroles, sondern eher sein Geist . . . Sehr geistvoller Geist übrigens, aber schwatzhaft. Unglaublich, was so ein Geist alles erzählen kann.«

Raoul nahm einen Hühnerflügel in Angriff. Er zeigte sich weiterhin munter und ungezwungen. Der Baron stieß seinen Teller zurück.

»Kommen Sie zur Sache, Monsieur.«

»Mein kleiner d'Apignac, hat mir der Geist gesagt, ich finde drüben keine Ruhe, wenn ich nicht alle Angelegenheiten der Gesellschaft und meiner lieben Bibliothek wohlgeordnet weiß. Du wirst also von diesem Schussel Baron Galceran ...«

»Das ist doch ...« unterbrach der Baron. »Ich weiß wirklich nicht, worauf Sie hinauswollen. Schluß mit dem Gequatsche, wenn's beliebt! Ich wiederhole, daß ich die Memoiren zurückgebracht habe. Außerdem muß das Rückgabedatum auf der Ausleiherliste stehen. Seyroles versäumte es niemals ...«

»Bloß schade, daß diese Datumseintragung nicht von Monsieur Seyroles' Hand stammt.«

»Von wessen Hand dann?«

»Von der des Mörders.«

»Und kennen Sie den?«

»Ja.«

»Sind Sie von der Polizei?«

»Ich? Unhöfliche Frage! Sehe ich so aus?«

»Nur so eine Idee. Aber warum erzählen Sie mir das alles? Gehen Sie doch auf die Präfektur, Monsieur.«

Galceran gewann an Sicherheit und musterte den lächelnden Raoul ohne Scheu, wobei er die zweite Keule mit gutem Appetit verzehrte.

»Ich dachte, die Geschichte könnte Sie interessieren«, sagte Raoul.

»Sie interessiert mich auch. Ich schätzte Seyroles sehr und gestehe Ihnen, daß sein Tod, vor allem ein so brutaler Tod ... Aber ich betone noch einmal, ich sehe nicht ein, warum Sie mich heimgesucht haben.«

»Wenn Ihnen das nicht klar ist, habe ich mich geirrt. Entschuldigen Sie, Baron. Ich befolge Ihren Rat. Zur Polizeipräfektur, sagten Sie? Keine schlechte Idee. Ich wette, daß die Lösung der Geschichte die Herren dort begeistern wird. Gott, war der Geist schwatzhaft!«

»Was ist an der Lösung denn so Besonderes?«

»Also, stellen Sie sich nur vor, besagtes Gespenst hat mich auf einen Fingerabdruck hingewiesen: einen blutigen Daumen auf der Ecke einer Schreibunterlage. Ich gebe zu, daß ich ihn allein nicht entdeckt hätte. Unser Mörder stieß die Leiche unter den Tisch, stützte sich auf, um wieder hochzukommen ... Aber ich rede und rede. Entschuldigen Sie mich noch einmal, Baron, und vielen Dank. Dieses Geflügel ...«

»Warten Sie! Auf den Nachtisch, meine ich. Und dann gestehe ich, daß Sie mich schließlich doch neugierig gemacht haben.

Was Sie vorbringen, wirkt so seltsam, so originell. Ich frage mich, wie weit Sie mit Ihrer Originalität noch gehen wollen.«

»Bis zum Namen des Mörders, den ich Ihnen mitteile, wenn Sie es wünschen.«

»Nehmen wir an, ich wünschte es.«

Raoul lehnte sich zurück und lachte laut auf. Je mehr er lachte, desto wütender wurde Galceran.

»Das ist zu komisch«, murmelte Raoul. »Nein, Sie sind unbezahlbar! Als ob Sie den Mörder nicht kennen würden. Sie sind's doch selbst, Baron. Wer sonst?«

»Sie wagen es, zu behaupten . . .«

»Nein.« Raoul hörte schlagartig auf zu lachen. Mit schneidender Stimme und leicht vorgeneigtem Kopf stieß er aus: »Ich behaupte nichts, ich beweise. Der erste Experte wird Ihre Handschrift mit der falschen auf dem Ausleihregister vergleichen. Er wird feststellen, daß beide identisch sind. Ein anderer Experte braucht bloß Ihren Daumenabdruck neben die blutige Spur auf der Schreibunterlage zu legen.«

»Und diese Vergleiche wollen Sie anregen?«

»Genau.«

»Demnach ruht alles auf Ihnen allein. Raoul d'Apignac schafft Regen und Schönwetter nach seinem Willen, er hält sich für den lieben Gott.«

»Das stimmt fast.«

Der Baron hatte sich nun seinerseits vorgebeugt, und sie musterten einander über den Tisch hinweg. Langsam zerknautschten die Finger des Barons das Tischtuch, sein Hals verkrampfte sich. Zum Schluß schrie er rauh: »Wieviel?«

»Was, wieviel?«

»Ihr Preis!«

»Mein Preis? Was für ein Preis? Ach so! Für wen halten Sie mich eigentlich? Mein Preis? Überhaupt nichts. Ich bin nur ein Bote. Wenn es nur um mich ginge . . . Aber da haben wir den Geist des gewissenhaften Monsieur Seyroles. Und dieses Phantom ist unnachgiebig. Unnachgiebig, aber doch vernünftig – und nicht nachtragend. Es fordert nur das Manuskript zurück, um ruhig schlafen zu können.«

»Also eine Erpressung.«

»Jeder so gut er kann.«

»Meine Methode ist besser.«

Der Baron drückte auf einen Knopf. Der Diener erschien. Auf ein Zeichen seines Herrn öffnete er eine Schublade, griff mit dem weißen Handschuh hinein und holte eine automatische Pistole heraus, die er auf Raoul richtete.

»Keine Bewegung, Kleiner«, befahl der Baron.

Er klingelte noch einmal, und Raoul erkannte in dem Neuankömmling jenen krummbeinigen Gnom, den er ebenfalls im Boot bemerkt hatte.

»Meinen Glückwunsch. Sie holen sie wohl aus dem Zoo?« Und während die beiden Banditen auf ihn losgingen: »Runter mit den Pfoten, ihr Gorillas! Albert, du servierst uns den Kaffee im Salon.«

Dann sah er auf die Uhr.

»Halb elf schon. Wie die Zeit vergeht! Man langweilt sich nicht bei Ihnen, Baron. Schade, daß ich in einer Viertelstunde fort muß.«

»Wirklich?«

»Ja, um dreiviertel elf. Ich habe eine Verabredung.«

»Mit einer Frau?«

»Diesmal nicht. Mit einem Freund, den ich nicht warten lassen möchte.«

»Er wird aber warten müssen.«

»Kein Gedanke. Wenn ich nicht in einer Viertelstunde Ihr Haus verlasse, schickt er ein Päckchen an eine bestimmte Adresse. Erraten Sie, was darin ist? Nein? Keine Phantasie, Baron. Bloß eine Ecke der Schreibunterlage und die Gebrauchsanweisung dazu.«

Raoul goß sich einen Schluck Bordeaux ein, schlug die Beine übereinander und trank langsam aus wie ein Feinschmecker. Der Baron wußte nicht mehr weiter.

»Mensch, sind Sie doof«, sagte Raoul. »Sie bilden sich doch nicht ein, daß ich einfach in die Höhle des Löwen renne ... Haut schon ab, ihr anderen!«

Die Domestiken sahen Galceran an. Der schüttelte den Kopf. Albert legte die Waffe weg, und maulend zogen sie sich zurück.

»Die Kleinen hätten wir vom Leib«, meinte Raoul. »Aber nun zum Manuskript: Noch sieben Minuten. Vorausgesetzt, daß die Uhr meines Freundes nicht vorgeht.«

»Widerling«, sagte der Baron.

»Ich verlange ja kein Selbstbekenntnis von Ihnen, nur das Manuskript!«

Ein Blick des Barons auf die Pistole. Einen Augenblick zögerte er noch, dann stand er auf und schleuderte seine Serviette zum Fußboden. Raoul streckte geruhsam den Arm aus und schnappte sich die Waffe.

»Mit diesem Spielzeug sollten Sie sich nicht amüsieren. Ein Unglück passiert so schnell.«

Er kontrollierte das Magazin, in dem eine Kugel fehlte, und legte die Pistole wieder auf den Tisch. Im Nachbarzimmer wühlte Galceran fluchend herum. Wortlos warf er Raoul dann den Band hin, in Saffian gebunden, mit der gräflichen Krone verziert. Raoul durchblätterte ihn hastig. Eine kleine, enge Schrift bedeckte die Seiten bis an den Rand.

»Perfekt! Mögen die sterblichen Reste des guten Seyroles in Frieden ruhen. Und jetzt ein kleiner Ratschlag, Baron: Meiden Sie die Normandie, das Klima dort ist feucht. Sehr schlecht für Ihre Gesundheit.«

Er klemmte sich das Manuskript unter den Arm und verließ das Haus, indem er die Türen bis an die Wände zurückknallte, um jede Überraschung zu vermeiden. Aber die Diener waren verschwunden. Auf der Freitreppe blieb er stehen und schrie zurück ins Haus: »Von wegen blutiger Fingerabdruck – ein Witz!«

Dann lief er lachend durch den Garten davon.

Eine halbe Stunde später entkleidete er sich in seiner Wohnung am Boulevard Péreire.

»Ich kann nicht mehr! Aber immerhin habe ich dir das Ding abgeluchst, Baron. Du kochst würdigen Greisen die Füße, aber ich brate dich auf kleiner Flamme.«

Er gähnte lange, mimte im Nachthemd zwei oder drei Wechselschritte, wobei er imaginäre Kastagnetten klappern ließ.

»Olé! Das Gespenst tanzt ... Die Aristokraten an die Laterne!«

Auf einmal mußte er an das blonde Kind denken, fern im Dornröschenschloß.

»Ah, Prinzessin«, murmelte er, »wenn Sie Ihren Märchenprinzen jetzt sehen könnten!«

Er seufzte, legte sich nieder und öffnete das Manuskript. Aber die Klecksereien, Radierungen, Ergänzungen lähmten rasch seine Neugier.

»Morgen wird gearbeitet, kleiner Lupin. Genug für heute.«

Er löschte das Licht und schlief sofort ein.

Es war hellichter Tag, als er aufwachte. Seine erste Geste war eine Handbewegung zum Nachttisch. Und da konnte er einen Schrei nicht unterdrücken.

Das Manuskript war verschwunden.

III. Das junge Mädchen in Not

Der Zorn warf ihn aus dem Bett. Er rannte zur Tür, sie war nicht einmal zugeschlossen, die vom Vorzimmer auch nicht. Zitternd vor Wut kam er ins Zimmer zurück. Man hatte ihn reingelegt! Nicht der Diebstahl brachte ihn so außer sich, sondern die Lässigkeit, mit der man das Ding gedreht hatte. Die Runde ging für ihn verloren, na wenn schon. Das war Berufsrisiko. Aber daß man ihm das Manuskript unter der Nase wegschnappte, das konnte er nicht akzeptieren. Gleichzeitig bemächtigte sich seiner eine dumpfe Angst. Wieder wurden ihm die Kühnheit, die kalte Entschlossenheit des Gegners bewußt. Eine rauhe, gefährliche, unbarmherzige Partie stand bevor. Er zwang sich zum Lachen und dachte bei ein paar Lockerungsübungen schon an den Gegenangriff. Das Manuskript blieb nun unerreichbar, aber der Greis war da. Den würde er rasch zum Sprechen bringen!

Das Telefon klingelte. Raoul erwartete den Anruf. Er nahm ab.

»Hallo ... Ja, lieber Freund, ich bin's. Ich muß mich bei Ihnen entschuldigen ... Ich habe Sie so schlecht bewirtet gestern abend. Ein so mittelmäßiges Essen. Das war mir peinlich. Unmöglich, einzuschlafen. Da habe ich mir gesagt: ›Wenn ich nun den lieben Raoul besuchen würde?‹ Ich hatte ja Ihre Karte, Ihre Adresse. Es war schon ein bißchen spät, aber in Anbetracht der Umstände ... Ein Rat nebenbei: Sie sollten Ihre Schlösser auswechseln lassen. Man spaziert bei Ihnen herein wie in ein Warenhaus ... Ich tu's also. Und was sehe ich? Den guten d'Apignac friedlich schlafend. Ich hatte einfach nicht den Mut, Sie aufzuwecken. Habe mich mit einer Erinnerung begnügt, einem Spielzeug, bloß um zu zeigen, daß ich da war. Wenn das Manuskript Sie wirklich interessiert hätte, wären Sie sicher dabei gewesen, es eifrig zu studieren. Ich schwöre Ihnen dennoch, daß sich das Lesen lohnt. Mit Ihrer Erlaubnis behalte ich's also ... Und wissen Sie, was Sie tun werden?« Der Ton des Barons wurde rüde. »Sie nehmen den Zug nach Italien und bleiben einige Zeit fern von Paris. Der Comer See oder vielleicht Venedig ...«

»Und wenn ich mich weigere?« sagte Raoul.

»Das würden Sie bereuen. Ich bin ein netter Mensch und wäre zerknirscht, wenn Ihnen etwas zustoßen sollte ... Nein, bedanken Sie sich nicht. Aber Ihren nächsten Besuch zum Abendessen kündigen Sie lieber an. Ich weiß, Sie sind ein echter Feinschmecker ...«

»Oh, mein Geschmack ist einfach. Sie brauchen dann bloß das zuzubereiten, was Sie so gut können.«

»Was denn?«

»Gegrillte Füße.«

Raoul hängte auf. Das letzte Wort zu haben, war ein magerer Trost. Wenn der Alte weiterhin schwieg ... Aber nein! Er wollte sich bestimmt an seinen Peinigern rächen. Einem gut geführten, freundlichen Verhör würde er nicht widerstehen, sondern das Geheimnis seinem Retter enthüllen. Dann mußte der Baron in die Knie gehen. Im Augenblick war Raoul das Geheimnis gleichgültig, es sollte ihm nur dazu dienen, den Gegner zu bezwingen, so daß dem der Sarkasmen im Halse steckenblieben.

Schnell in die Kleider. Er brauchte Bewegung. Bei der ersten Drehung sprang der Motor an und Raoul hinters Steuerrad. Ein guter Wagen, und heute erwies er sich als hervorragend. Keine Panne. Nur ein paar Fuhrwerke von Zeit zu Zeit auf der normannischen Landstraße. Das Auto überholte sie im Handumdrehen, tauchte in einer Staubwolke unter. Gegen Mittag erkannte Raoul den Kirchturm von Notre-Dame-de-Grâce.

»Na, meine gute Victoire? Was macht unser Verletzter?«

Raoul stand schon im Zimmer, tatendurstig, vorwärtsgestoßen von dem Bedürfnis, Bescheid zu wissen, jetzt, sofort.

»Ruhe«, murmelte Bruno. »Er schläft.«

»Hat er geredet?«

»Noch nicht.«

»Die Verbrennungen?«

»Heilen.«

»Na los, Faulpelz, dein Bericht! Man muß dir die Würmer aus der Nase ziehen. Was erzählen die Leute?«

»Nichts. Ein paar Zeilen im *Trouviller Echo*. Man meint, der Alte – Vater Bernardin, wie man ihn nennt – sei ausgerissen, litte an Gedächtnisschwund.«

Raoul packte Bruno am Handgelenk.

»Bloß nicht dieses Wort! Nur das nicht. Herrgott, abergläubisch bist du also nicht! Und weiter? Hat niemand vom Schloß gesprochen, von den Schlafgewohnheiten seiner Bewohner?«

Kopfschütteln Brunos. »Die Gendarmen waren wegen des Alten dort, das habe ich im Gasthof gehört. Ich streunte in der Gegend herum wie ein harmloser Tourist. Aber hier in der Gegend mißtraut man Fremden.«

Raoul beobachtete den alten Bernardin. Ein Zittern der Lider war für ihn aufschlußreich. Der Mann schlief nicht mehr, er lauschte. Raoul durchschaute ihn, begriff, daß Bernardin nicht so leicht klein beigeben würde. Seit der Entführung aus dem Schloß sah er überall nur Feinde. Sowie es ihm besser ging, mauerte er sich ein in sein Schweigen wie ein dickköpfiger, normannischer Bauer.

»Schon gut, Bruno. Laß uns allein.«

Raoul setzte sich unerwartet sachte auf den Bettrand, legte dem Alten eine Hand auf die Schulter.

»Na, na! Jetzt können wir aber die Augen aufmachen, Opa. Du kennst doch Raoul d'Apignac? Der edle Mensch hat dich aus einer lebensgefährlichen Situation gerettet. Nur wird das, schwierig auf die Dauer. Bis jetzt hab' ich dich vor dem Schlimmsten bewahren können, dich in Sicherheit gebracht, dir Arzt und Krankenschwester besorgt. Aber nun mußt du mir helfen.«

Die grauen Augen, halb verborgen unter fallenden Lidern, beobachteten den vorgebeugten Unbekannten; der Mann fühlte Raouls Autorität wie den Widerschein eines Feuers.

»Du mußt mir helfen«, fing Raoul wieder an. »Es geht nicht um mich, sondern um dich. Du nimmst doch nicht an, daß deine drei kleinen Freunde vom Steinbruch jetzt Däumchen drehen?«

Er packte Bernardin an den Schultern und fügte wie ein Ringer, der seinen Gegner zu Boden drückt, ernst hinzu: »Ich kenne sie, vor allem den Chef. Ich kann tun, was ich will, die finden dich. Dann komme ich bestimmt zu spät. Wenn du redest, renkt sich alles ein. Also: wessen Blut?«

Der Alte atmete schneller, öffnete den Mund. Raoul erfaßte den inneren Kampf des von Schmerz und Erschöpfung noch halbgelähmten Geistes.

»Wessen Blut?«

Langsam senkte Bernardin die Lider. Sein Gesicht schien unter den Falten zu erstarren wie das eines Toten. Er zog sich in die Nacht seines Geheimnisses zurück. Nach einer Weile erhob sich Raoul geräuschlos. Mit dem Taschentuch wischte er sich den Schweiß von der Stirn.

»Ich bin geduldig«, murmelte er. »Du kannst dir gar nicht vorstellen, was für ein Geduldsmensch ich bin. Ich warte so lange es nötig ist. Dir geht's ja nicht schlecht hier. Du bist kein Gefangener, wirst nur beobachtet. Wenn du reden willst, ein kleines Zeichen, und ich bin da. Dann stellen wir zwei was Tolles auf die Beine. Nun mach doch schon die Augen auf und sieh mich an. Du sagst dir, d'Apignac hat nichts zu bedeuten, da hast du recht.

Aber hinter Raoul stehen zehn weitere Personen und zwanzig Legenden. Frankreichs Geschichte steht hier im Zimmer. Adieu, Bernardin! Du hast Glück, daß ich mich um dich kümmere. Ich sage dir, wir gehen zusammen durch diese Geschichte bis zum Schluß. Ich werde dir sogar was verraten . . .«

Raoul hielt inne. Der Alte atmete wieder regelmäßig, war eingeschlafen.

»Da steh' ich vielleicht dumm da mit meinen Tiraden. Mein Publikum schläft. Vorhang.«

Er ging auf Zehenspitzen hinauf; Bruno erwartete ihn auf dem Flur.

»Na und?«

»Zäh, der Urahn. Aber er wird schon noch auspacken. Du hältst hier weiter die Stellung. Ich mach' mich schön, und dann aufs Schloß.«

Raoul zog eine dicke Reisetasche aus dem Auto. Zwanzig Minuten später hatte er sich in einen Reporter verwandelt: Jacke mit Rückengürtel, Kodak umgehängt. So umarmte er Victoire.

»Bis heute abend, meine gute Victoire. Fang nicht an zu jammern. Ich sage dir doch, es gibt gar keine Gefahr. Wenn ich zurückkomme, möchte ich ein riesiges Omelett essen. Die Dinger gelingen dir doch so gut.« Dann ans Steuer des staubbedeckten Léon-Bollée und in gemächlichem Tempo über die Straße nach Eunerville.

Er entspannte sich gern im Auto, wenn er Schlachtpläne schmiedete. Aber diesmal mußte er sich eingestehen, daß er die Lage nicht übersah. Das Manuskript in den Händen des Barons, der störrische Alte, der nicht wiederholen wollte, was er im Schmerz schon einmal ausgespuckt hatte – wo sollte Raoul ansetzen? Hatte ein Besuch im Schloß Sinn? Raoul tüftelte, ärgerte sich über seine Ohnmacht, während gleichzeitig gewöhnliche Räuber einem ungewöhnlichen Geheimnis auf der Spur waren, und das nur auf Grund ihrer Skrupellosigkeit. Es mußte schon etwas dran sein an der Sache, wenn der Baron ohne Zögern marterte und tötete. Als ob die Zeit drängte, ein schicksalhaftes Datum vielleicht. Danach konnte das Rätsel nicht mehr gelöst werden. Nichts brachte Raoul mehr in Wut als so etwas. Die Frage hämmerte in seinem Kopf, im Rhythmus des Motors: wessen Blut? Wessen Blut? Ein Mysterium aus Blut, Gewalt und Tod.

Er parkte den Wagen vor Eunerville und ging zügig zum Schloß, unbeeindruckt von der Sommerhitze. Auf halbem Wege mußte er sich zur Seite drücken, um ein Auto vorbeirasen zu lassen. Er konnte noch den Mann neben dem Chauffeur erkennen. Buschige rötliche Brauen, mürrisches Gesicht . . . Er hatte es im Schein seiner Blendlaterne neulich im Schloß gesehen: Hubert Ferranges. Um so besser! Die Abwesenheit von Ferranges ließ ihm freie Bahn. Wieder besserer Laune, ging er weiter. Vor dem Tor schwatzte ein Gendarm mit einer vollschlanken Frau, die einen Wassereimer trug. Raoul kam näher, ein Journalist, glaubwürdiger als ein echter.

»Guten Tag«, sagte er lässig-charmant. »Richard Dumont von *Frankreichs Echo*.«

Respektvolles Schweigen. Die Frau stellte den Eimer ab, trocknete sich die Hände. Der Gendarm grüßte.

»Ich habe gehört, jemand wird vermißt«, fuhr der Zeitungsmann fort. »Ich kam gerade durch Honfleur, da wollte ich vor der Rückkehr nach Paris hier auf den Busch klopfen.«

Er wirkte so aufrichtig und sympathisch, daß der Gendarm gleich loslegte.

»Oh, Vater Bernardin wollte sich wohl nur mal frischen Wind um die Nase wehen lassen. Stimmt's, Apolline?« Kopfschütteln der Dame, ein bißchen verlegen, weil man sie vor einem Fremden mit Vornamen anredete.

»Achten Sie nicht darauf«, meinte sie. »Er hat sie nicht mehr alle. Der kommt von ganz allein zurück. In Paris haben Sie sicher wichtigere Sachen zu erledigen.«

»Einen Rat noch«, sagte der Gendarm. »Kein Wort zu irgend jemanden. Monsieur Ferranges wäre verärgert, wenn die Presse harmlose Dinge übertreiben würde. Und sein Arm ist lang.«

»Ich kenne das Schloß gar nicht. Sehr bemerkenswert!«

Apolline wurde rot vor Vergnügen, und der Gendarm kräuselte seinen Schnurrbart.

»Tja«, meinte er, »sie kommen von weit her, die Besucher. Aber Monsieur Ferranges läßt das nicht zu. Auch Vater Bernardin wäre darüber sauer. Sein Schloß! Sie müssen wissen, daß es auch ihm ein bißchen gehört, solange er hier lebt.«

»Er ist hier geboren«, griff Apolline ein.

Raoul holte den Fotoapparat aus dem Etui, machte ihn fertig, äugte durch die Linse.

»Schade«, murmelte er. »Ich stehe ein bißchen zu weit ab. Aber vielleicht könnte ich näher herangehen?«

Wie sollte man einem so jugendlichen Lachen widerstehen und so viel Liebenswürdigkeit?

»Da muß ich Mademoiselle fragen«, sagte Apolline.

»Mademoiselle Lucile«, ergänzte der Gendarm. »Das Mündel von Monsieur Ferranges.«

Während Apolline sich entfernte, fuhr er fort zu erzählen, stolz darauf, einem Zeitungsmenschen aus Paris zu zeigen, daß ein Gendarm mehr sein konnte als eine Figur aus einem Chanson.

»Ein bezauberndes, aber recht unglückliches junges Mädchen. Es hat die Eltern vor zwei Jahren durch einen dummen Unfall verloren ... Sie sind bei einer Spazierfahrt auf dem Meer ertrunken. Jacques Ferranges war wohl ein Ingenieur mit Zukunft. Er hatte besonders den Amerikanern zahlreiche Erfindungen verkauft und war in wenigen Jahren wohlhabend geworden. Das Schloß stand zum Verkauf, er kaufte es. Aber offenbar bringt es seinen Besitzern kein Glück. Man hat die ganze Küste abgesucht, nicht einmal das Wrack wurde gefunden. Ein kleines Segelboot, sechs Meter lang. Monsieur Jacques war ein Segelnarr. Und sehen Sie mal den Zufall dabei: Gewöhnlich nahmen Luciles Eltern das Mädchen mit. Dieser Umstand war mir damals aufgefallen. Eigenartig, finden Sie nicht? Sie nahmen sie immer mit, aber gerade an dem Tag ließen sie sie im Schloß.«

Raoul hörte aufmerksam zu. Sein Hirn notierte jede Einzelheit, forschte nach, analysierte, ordnete sie ein in die wunderbare Kartothek seines Gedächtnisses.

»Und die Leichen hat man niemals gefunden? Das Meer gibt die Toten doch meistens frei.«

»Diesmal nicht. Das Schlimmste kommt noch: Unser unglückliches Mädchen wurde vor Kummer krank. Man weiß nicht recht, was sie hat. Apolline erzählt, sie ißt nicht mehr, schläft nicht mehr ... Sie liegt ganze Tage auf der Chaiselongue im Park. Das Haus wirkt ja auch nicht sehr fröhlich. Monsieur Hubert, der Vormund, arbeitet die ganze Zeit in der Fabrik. Er besitzt eine Gerberei in Pont-Audemer. So ist die arme Kleine immer allein. Gewiß, da gibt es noch Onkel Alphonse, aber den sieht man niemals. Dabei wohnt er ganz in der Nähe. Er hat das Grundstück geerbt, wo der Ingenieur wohnte, bevor er das Schloß kaufte.«

»Na, Sie wissen aber mehr als ein Notar«, rief Raoul lachend aus.

Der Gendarm lächelte seinerseits. »Das ist mein Beruf. Und dann gehören die Ferranges zu den oberen Zehntausend. Da kriegt man eben alles mit, was bei ihnen passiert.«

»Und dieses halbgare Mädchen, das sich dort hinter den Ro-

42

sen versteckt, wer ist das?«

»Das ist Valérie, die Enkelin des alten Bernardin. Auch eine Waise! Ihr Großvater schnauzt sie an, aber er vergöttert sie. Deshalb begreife ich nicht, wieso er fortging, ohne zu sagen, wohin.«

Apolline kam zurück.

»Wenn Monsieur mir bitte folgen wollen? Das Fräulein freut sich darauf, mit Ihnen zu reden.«

Eine Allee rund um das Schloß führte sie in den Park. Unter einem mächtigen Kastanienbaum lag Lucile im Liegestuhl, den Hund zu ihren Füßen. Sie las Zeitung. Seltsam bewegt, erkannte Raoul sie wieder. Sie wirkte noch schöner, noch rührender als an dem Abend, an dem er sie schlummernd gesehen hatte. Die Bulldogge richtete sich auf ihren krummen Pfoten knurrend hoch.

»Kusch, Pollux!«

Eine abgespannte Stimme, ohne Hoffnung auf Glück. Lucile legte die Zeitung auf ihre Knie und lächelte den Besucher mit bestürzender Traurigkeit an. Raoul verneigte sich.

»Richard Dumont von *Frankreichs Echo*.«

»Apolline, hol' einen Stuhl«, sagte Lucile.

»Nicht nötig«, protestierte Raoul. »Von einem so komfortablen Rasen muß man profitieren.«

Ohne Hemmungen setzte er sich ins Gras, dem jungen Mädchen zu Füßen. Nachlässig kraulte er die Bulldogge hinter den Ohren, und das glücklich geifernde Tier überließ ihm seinen Kopf zum Streicheln. Lucile staunte.

»Unglaublich. Pollux ist sonst sehr grimmig.«

»Man muß es im Gefühl haben. Ich kann mit Tieren und Menschen sprechen, bloß bei jungen Mädchen bin ich ungeschickt.«

Sie lachten gleichzeitig, und Luciles Wangen röteten sich leicht. Raoul dachte: Lach nur, meine Schöne, vergiß ein wenig die schlechten Tage. Ich möchte, daß du das Leben liebst, daß es dich bezaubert, und daß du mich noch lange so liebenswürdig anschaust. Er pflückte ein Gänseblümchen und steckte es sich zwischen die Zähne.

»Es würde mir Freude machen, Sie zu diesem schönen Heim zu beglückwünschen, aber ich habe erfahren, daß hier mehr Trauer als Freude herrscht. Sprechen wir lieber von Ihnen.«

»Oh, ich . . . Ich bin ein Niemand. Da Sie alles wissen, wissen Sie auch . . .« Ihre Stimme wurde brüchig.

»Na, na, Kopf hoch. Wir sind siebzehn Jahre alt, sehen nur

einen mürrischen Vormund, verschüchterte Dienstboten und den alten Narren Bernardin ... Keine Vergangenheit mehr und noch keine Zukunft. Und wir langweilen uns. So sehr, daß wir uns krank stellen, um uns ein bißchen Anteilnahme zu verschaffen, wenn's schon keine Zärtlichkeit ist.«

Lucile hörte ihn mit wachsendem Erstaunen an.

»Aber wir haben viel innere Kraft«, fuhr Raoul fort, »viel. Wenn unsere Phantasie uns keine bösen Streiche spielen würde, wenn sie uns nicht dauernd einflüsterte, wir wären so unglücklich . . .«

»Aber ich bin wirklich sehr unglücklich«, unterbrach Lucile. Sie hatte Tränen in den Augen. »Ach«, stotterte sie, »warum haben sie mich damals nicht mitgenommen? Dann wären wir jetzt alle drei tot . . .«

»Sprechen Sie weiter. Ich bin Ihr Freund.« Er nahm ihre Hand, drückte sie sanft, gab ihr ein bißchen Wärme.

»Am 19. August sind sie umgekommen«, sagte sie, schon ruhiger. »Auf den Tag genau neunzehn Jahre nach ihrer ersten Begegnung – einer sehr dramatischen Begegnung! Lange vor seiner Heirat hatte mein Vater hinter Sainte-Adresse ein Grundstück gekauft. Dazu gehörte eine Art Fischerhütte an der Klippe, vor einer kleinen Bucht, wo niemals jemand hinkam. Er ruhte sich dort aus und malte, denn er verfügte über viele Talente. Eines Tages hörte er einen Hilferuf: ein junges Mädchen, meine zukünftige Mutter. Sie badete am Nachbarstrand, der Strom hatte sie fortgerissen. Sie wäre ertrunken, wenn mein Vater nicht rechtzeitig eingegriffen hätte. Trotzdem ist es ihnen passiert – neunzehn Jahre später. Sind Sie Fatalist, Monsieur Dumont?«

»Selbstverständlich. Wie alle, deren Leben aus Abenteuern besteht. Was ist übrigens aus dem kleinen Haus geworden? Hat man es verkauft?«

»Nein, mein Vater behielt es zur Erinnerung. Aber wir gingen nicht mehr hin. Sicher befindet es sich in ziemlich schlechtem Zustand.«

Er überlegte. Mit seiner ungewöhnlichen Intuition gewann er so viele Schlachten, und auch jetzt begann er hinter den Zufällen etwas Düsteres, Verschlungenes zu ahnen, das starke Ähnlichkeit mit bewußten Machenschaften aufwies.

»Könnte ich das Haus sehen?« fragte er.

Lucile wirkte sofort verschreckt. »Ich habe Ihnen ein Geheimnis anvertraut. Das darf nicht herauskommen.«

»Niemand wird davon erfahren.«

So zarte Überredung sprach aus seinen Worten, daß Lucile sich gleich wieder beruhigte. »Nach Sainte-Adresse fahren Sie mehr als drei Kilometer die Steilküste entlang. Ein Weg führt hinunter, das Haus heißt ›Kieselstein‹.«

»Noch eine Frage: Ihre Frau Mama – ich nehme an, sie war sehr sentimental, sehr romantisch?«

»Ja. Ich ähnele ihr sehr.«

Natürlich, dachte Raoul. Ich beginne zu begreifen.

Er sprang auf die Füße, brannte schon vor Ungeduld. Er verspürte Lust, dieses junge Mädchen zu verblüffen, sich für sie zu schlagen, damit sie wieder lächelte. Gleichzeitig empfand er Gefahren und Geheimnisse in ihrer Nähe. Es war ein so starker Eindruck, daß er das Unterholz beobachtete. Aber der Hund hätte gebellt, wäre dort jemand verborgen gewesen.

»Haben Sie Vertrauen zu mir«, bat er Lucile.

Ein trauriger Blick aus violetten Augen. »Ich kenne Sie nicht, Monsieur«, sagte sie nachdenklich, »aber Sie sind so verschieden von den andern. Ja, ich habe Vertrauen.«

»Sie müssen es . . . Hören Sie zu: Sie gehen jetzt ins Haus und erzählen Ihrem Vormund nichts von meinem Besuch. Morgen um drei treffen wir uns. Nicht hier, außerhalb dieses Geländes, an der Ecke von Park und Straße. Vielleicht habe ich Neuigkeiten für Sie. Nein, stellen Sie keine Fragen. Das ist noch zu früh. Auf Wiedersehen, kleines Mädchen. Und von jetzt an, was immer geschehen mag, wiederholen Sie sich, daß Sie nicht mehr allein sind, daß sich jemand ganz in Ihrer Nähe befindet, der im Schatten wacht, der nicht zuläßt, daß man Ihnen auch nur ein Haar krümmt.«

»Glauben Sie denn, ich bin in Gefahr?«

Ein Finger auf Raouls Lippen.

»Morgen. Drei Uhr!«

Berville, die Fähre über die Seine, die Straße von Le Havre . . . Raoul hätte die Strecke blind fahren können, so vertraut war sie ihm. Sprühte er deshalb so vor Unternehmungslust? »Na«, sagte er sich, »sei ehrlich. Mach dir nichts vor. Gib zu, du bist unheimlich glücklich, weil du dieses Waisenkind vor dem Verderben rettest, weil sie schön ist, und weil du Lupin heißt.«

Quer durch ein Dorf, Hühnergeschnatter, weiter im Monolog: »Alle Besitzer von Eunerville starben dramatisch einer nach dem andern, das ist kein Zufall. Und schließlich der Baron, der Bernardin marterte. Gibt es dazwischen eine Verbindung? Sicher, aber welche? Und was für Gefahren lauern auf Lucile? Keine Ahnung. Gib bloß nicht an. Mir kannst du nichts vormachen. Du hältst gerade ein winziges Ende des Fadens in der Hand: Die Ferranges wurden ermordet, aber wie? Warum? Mysteriös! Johannes folgt Jakob. D'Artagnan ... Es hat einfach keinen Zweck.«

Er gelangte an die Klippe von Sainte-Adresse. Eine alte Bäuerin zeigte ihm die Bucht, zwei Kilometer noch bis zum Weg. Aber aufpassen sollte er, letzten Winter gab es dort Geröll. Raoul ließ das Auto am Straßenrand, ging zu Fuß weiter. Erinnerungen wurde er nur schwer wieder los. Ganz in der Nähe hatte er einmal in der Not Zuflucht gesucht. Damals glaubte er, alles sei aus, er würde keine Freude mehr haben am Leben. Aber ein Typ wie er war fähig, sich während eines einzigen Daseins durch eine ganze Reihe von Schicksalen zu kämpfen. Er fühlte sich wunderbar jung, vor Energie strotzend. Das Rätsel des Schlosses von Eunerville würde sich ihm bald erschließen wie all die Rätsel, die er schon gelöst hatte.

Bergab ging's an der Klippe. Bald fand er den Weg, der sich durch eine öde Vegetation schlängelte.

»Zum Teufel« dachte er. »Monsieur Ferranges war ein Bergsteiger.«

Aber er merkte schnell, daß die Strecke an heiklen Stellen festes, gefahrloses Terrain aufwies, trotz der Leere, die den Spaziergänger dauernd zu belauern schien. Bald stand er sicher auf einem engen Strand zwischen zwei spitzen Felsen, die diesen von hoch oben beherrschten. Ziemlich bedrückende Einsamkeit. Die Kiesel reichten bis zu den ersten Wellen. Links eine Hütte, an die Klippe gelehnt. Man mußte fast draufstehen, um sie zu bemerken. Er ging herum, berührte die geschlossenen, noch soliden Fensterläden. Die Tür war verriegelt. Grünlich-feucht rann es von den Mauern, aber das Haus, so verlassen es wirkte, hatte Wind und Wetter gut widerstanden. Zwischen seiner Rückseite und der Klippe öffnete sich ein enger Zwischenraum voller Gerümpel: Altes Werkzeug, Ruder, eine salzzerfressene Leiter, Reusen für den Fischfang. Die Hände in die Hüften gestützt, prüfte Raoul nachdenklich das ungewöhnliche Dekor. »Verrückt«, murmelte er, »verrückt. Aber sehr reizvoll. Hier sind sie Selbstversorger und brauchen keinen Bäcker.«

Er holte einen flachen Behälter mit kleinen Metallröhren verschiedener Form aus der Tasche und machte sich am rostigen Schloß zu schaffen, das lange Widerstand leistete. Schließlich ging die Tür auf, und es roch nach Schimmel. Er trat ein und befand sich in einem Raum, der wohl einmal als Eß- und Schlafzimmer gedient hatte, denn links stand ein breiter Diwan. Im Hintergrund eine Malerleinwand, Ölbilder waren noch gegen die Mauer gelehnt. Rechts ein für zwei Personen gedeckter Tisch. Schwärzliche Blumenstengel verfaulten in einer Vase zwischen den Tellern. Im Kamin war ein Kochtopf auf einen Aschenhaufen gefallen. »Das reinste Pompeji«, sagte sich Raoul. Alles wirkte grau, klebrig, fürchterlich tot. Das Verwirrendste aber war der gedeckte Tisch, als ob ein bißchen Liebe sich dort hingeflüchtet hatte und die Zeit überdauerte.

Automatisch nahm Raoul den Hut ab. Er machte ein paar Schritte und musterte den staubbedeckten Boden, der noch Fußabdrücke aufwies. Kein Irrtum war möglich, es handelte sich um männliche und weibliche Spuren, nebeneinander. »Die Ferranges«, dachte er. »Zum Jahrestag ihrer Begegnung kehrten sie hierher zurück. Deshalb wollten sie auch ihr Kind nicht mitnehmen. Das war ihr ganz privates Fest. Die Segelfahrt diente nur als Vorwand. Ihr zärtliches Beisammensein hatten sie mit Liebe vorbereitet. Und«, Raoul prüfte den Boden näher, »sie sind da nicht mehr herausgekommen . . . Seltsam!«

Von der Tür zum Tisch und vom Tisch zum Kamin kreuzten sich die Spuren, dann liefen sie in ein anderes, von einem Vorhang abgeteiltes Zimmer, sicher die Küche. Aber von da kehrten sie nicht wieder. Gab es dort einen anderen Ausgang?

Raoul ging mit klopfendem Herzen vorwärts. Was verbarg sich hinter dem Vorhang? Er zog ihn auf. Und plötzlich war der Boden weg, so schnell, daß Raoul nicht einmal die Arme ausstrecken, einen Halt suchen konnte. Er fiel schwer, aber rasch, und Sand milderte den Aufprall. Oben schloß eine unsichtbare Feder bereits krachend die Falltür wie ein zuschnappender Kiefer.

IV. In Frieden

Totale Finsternis. Raoul setzte und betastete sich. Kein Wehwehchen. Er kundschaftete mit den Händen. Überall Sand. Ein Keller. Das Haus stand auf leichtem Fundament. Langsam und tückisch war der zunächst zurückgedrängte Sand hereingerieselt, wie das Meer ein Wrack überflutete. Er erhob sich, stellte sich auf die Zehenspitzen, streckte einen Arm über den Kopf und fand nur Leere. Die Lampe, die er immer mit sich führte, hatte dem Schock widerstanden. Sie strahlte nur ein enges Lichtbündel aus, aber das reichte, um die Umrisse der Falltür zu erhellen. Keine Ringe zum Festhalten, keine Unebenheiten. Die mächtigen Federn, welche die Holzplatte zu Fußbodenhöhe zurückstießen, waren in einer unerreichbaren Höhlung des Mauerwerks angebracht.

Raoul ließ den Lampenschein wandern. Ein weiter, leerer Keller. Keine Kiste, über die man die Falltür hätte erreichen können. Das hätte auch nichts genutzt, denn es gab keinen Halt. Aber das Licht brachte im entferntesten Winkel etwas zum Glänzen. Raoul ging näher, und leichter Angstschweiß trat ihm auf die Schläfen. Was da schimmerte, war ein Totenkopf, ein Schädel so weiß wie Tintenfischknochen, die man am Strand auflas. Unter der dünnen Sandschicht erriet Raoul die Form eines Skeletts. Erschütternd! Die unheimliche Silhouette lag auf der Seite und umschlang ein weiteres, kleineres Skelett, dessen halbverborgener Schädel sich noch zu dem hindrehte, was einmal das geliebte Gesicht gewesen war. Die Liebenden lagen einander tot in den Armen und lächelten sich an für die Ewigkeit.

Raoul knipste seine Lampe aus. Der Mann, der so vielen Gefahren ins Auge gesehen und dem Tod so oft ein Schnippchen geschlagen hatte, befand sich am Rande eines Nervenzusammenbruchs. Im Nu begriff er, daß seine Befürchtungen stimmten. Man hatte das Ehepaar Ferranges ermordet, geduldig und methodisch ein Liebesnest zur Todesfalle umfunktioniert. Einmal im Jahr nur kamen die Opfer zum ›Kieselstein‹, der Verbrecher hatte also Zeit gehabt, die Falle zu installieren, in der Gewißheit, daß sie sich am Jahrestag hinter den Unglücklichen schließen würde. Der entsetzliche Plan erwies sich als erfolgreich. Zu allem Unglück kam nun ein drittes Opfer hinzu und mußte notwendigerweise das Schicksal der beiden teilen. Schreien, Klopfen, Hilferufe nutzten nichts. Wozu das tun, was die Eingemauerten bereits umsonst versucht hatten?

Raoul streckte sich auf dem feuchten Sand aus, kreuzte die Hände im Nacken und fing an, ruhig zu überlegen. Niemand wußte von seinem Besuch in diesem Haus. Also würde auch niemand zum Strand herunterklettern und die Umgebung absuchen. Gewiß, da stand der Léon-Bollée auf dem Weg zur Klippe. Man benachrichtigte sicher die Gendarmerie über die ungewöhnliche Präsenz des Wagens, aber die Untersuchungen würden wohl nichts ergeben. Blieb noch das Graben eines Tunnels. Womit? Mit den Händen?

Raoul zog seine Jacke aus, legte sie sorgfältig zusammen, kniete sich an die Mauer und begann zu buddeln. Bald wurde ihm klar, daß der Sand zu dünn war. Er rann in die Höhlung, sowie sie sich vergrößerte. Man mußte ihn befeuchten. Aber Raoul blieb hartnäckig. Er schaufelte den Sand mit aneinandergedrückten Händen weg, warf ihn weit fort, über die Schulter. Er grub ein Loch und hielt erschöpft inne. In der Dunkelheit schien es ihm ziemlich tief zu sein. Er tastete nach seiner Jacke. Wo hatte er sie hingelegt? Er rutschte auf den Knien vorwärts, eine Hand nach vorn gestreckt, fürchtete jeden Moment, auf Knochen zu stoßen.

Schließlich fand er das Kleidungsstück und machte Licht. Das Loch war nicht tiefer als sechzig oder siebzig Zentimeter, und für dieses lächerliche Resultat hatte er sich so lange angestrengt. Ohne Werkzeug keine Aussichten. Dieser energische Mann kannte besser als ein anderer die Grenzen zum Unmöglichen. Er fuhr sich über die Stirn, versuchte zu scherzen. »Jetzt nur keine Erkältung, Junge. Brrr, ein Grog wäre willkommen!« Er fröstelte in der dichten Stille und setzte sich mit dem Rücken ans Mauerwerk, von Müdigkeit gelähmt. Langsam stieg Angst in ihm auf. Zum erstenmal sah er, der Listenreiche, keine Lösung. Zum erstenmal war Lupin nicht mehr Lupin.

Mit was für einem Verbrecher hatte er es bloß zu tun? Wer heckte diesen entsetzlichen Racheplan aus, verurteilte zwei Unschuldige dazu, langsam an Hunger, Durst und Verzweiflung zu sterben? Immerhin zwei, die sich bis zum letzten Augenblick aneinanderklammerten. Aber er war allein. Er lauschte: ein dumpfes Rauschen in der Ferne, das Meer. Es stieg, und kein Mensch wandelte mehr an seinen Ufern. Die Angst um ihn herum erfüllte die Luft, die er atmete. Er war kräftig, würde es ein paar Tage aushalten – ein langer Todeskampf.

Er ballte die Fäuste, wollte aufschreien. Was ihm Haltung gab, war der absurde Gedanke, die beiden Skelette wären eine Art Publikum. Er fühlte sich beobachtet; sie konnten denken: Lupin ist nicht in Form, er hat Angst. »Recht haben sie«, dachte er. »Gäbe es doch einen winzigen Hoffnungsschimmer, dann würde ich's ihnen zeigen. Aber leider gibt es keinen. Sogar meine Feinde wissen nicht, daß ich hier bin. Ein blöder, ungeahnter, nicht wieder gutzumachender Unfall. Verzeihung, kleine Lucile, aber ich komme nicht zur Verabredung!«

Und plötzlich staunte er. Verdammt noch mal, es gab den winzigsten Hoffnungsschimmer: Lucile! Aber sofort wies er den Gedanken von sich. Um drei Uhr würde sie warten, vielleicht lange, und dann traurig heimgehen. Warum sollte sie bis zu dem Haus laufen, das für sie nur traurige Erinncrungen enthielt? Aber die Hoffnung ist wie ein schwaches Feuer aus kleinen Zweigen. Die lächerlichsten Argumente geben ihm Nahrung. Erstens wäre es kein langer Spaziergang. Außerdem gab es sicher ein Fahrrad im Schloß. Dann wollte Lucile bestimmt wissen, warum dieser Mann, der eine Gefahr zu befürchten schien, nicht gekommen war. Da er sie verwirrte, und weil sie auf ein Wiedersehen hoffte, sprühte sie sicher vor Einfallsreichtum und Energie. Sie erinnerte sich an ihr Gespräch, seine Fragen nach dem ›Kieselstein‹. Wenn der sympathische Journalist sein Wort nicht gehalten hatte, so wahrscheinlich wegen der Hütte am Fuß der Klippe ... Wenn ihm nun etwas zugestoßen war? Vielleicht ein Sturz? Man mußte ihm helfen. Sie würde aus dem Schloß entwischen, herbeieilen – und ihrerseits in die Falle laufen. Mein Gott!

Raoul erhob sich mit pochenden Schläfen, lief einmal ums Gefängnis. Nein, nur das nicht, lieber sterben. Gewiß hätte er es vorgezogen, im prallen Sonnenlicht für eine aufregende Sache zu fallen, statt wie eine Ratte im Loch zu krepieren. Aber er akzeptierte den schändlichen Verbrechertod, wenn sie nur Lucile retteten.

Auf einmal spürte er mit Sicherheit, daß sie ihn suchen würde; er streckte die Hände vor, als wollte er sie warnen, sie weit weg stoßen von dieser schrecklichen Grube, in der die Knochen ihrer Eltern sie erwarteten. Er stolperte, stürzte auf die Knie, und wiederholte ganz leise: »Du nicht, Lucile. Vor allem du nicht!«

Überwältigt von Müdigkeit, Angst und Finsternis rollte er sich auf die Seite und blieb lange Zeit so liegen. Mehrere Male fiel er in leichten Schlaf, unterbrochen von Alpträumen. Aber da er sich nie lange entmutigen ließ, riß er sich hart aus diesem schlummerähnlichen Dämmerzustand. Er war nun hellwach und munter, bereit, das Hindernis zu bewältigen. Er sah auf die Uhr: acht. Acht Uhr morgens, natürlich.

»Zum Teufel! Kein Mittagessen, das hält man noch aus. Aber kein Frühstück ... Da kann man nicht mehr von Diät sprechen, höchstens von Askese!«

Er redete laut, um die unglaubliche Stille zu brechen. Aus Trotz zwang er sich in der Dunkelheit zur Gymnastik: »Damit ich wenigstens bei guter Gesundheit sterbe.« Dann ging er zum Loch zurück, betastete den Boden. Der Sand deckte sein Werk wieder zu, es hatte keine Tiefe mehr. Kein Gedanke daran, einen Tunnel zu graben. Die Falltür? Nichts zu machen. Er fiel zurück in den Teufelskreis von Plan und Ohnmacht. »Und jetzt werde ich Lucile beschwören. Du Dummkopf, als ob sich die Kleine Sorgen um dich machte!«

Wieder setzte er sich mit dem Rücken an die Mauer und monologisierte. »Sie macht sich keine Sorgen um dich, weil du nicht intensiv genug an sie denkst. Es bleibt dir keine Wahl: Sie oder das Nichts. Also reiß dich zusammen. Insekten erkennen sich schließlich auf eine Entfernung von mehreren Meilen. Du bist doch mehr als ein Insekt! Wenn du dich lange genug bemühst, spürt sie am Ende deine Gegenwart und wird dir gehorchen. Führe sie bis hierher. Wenn du sie hörst, schreist du und warnst sie. Das ist die einzige Möglichkeit. Aber ich sag' dir gleich, das wird hart. Schwöre mir, daß du nicht wieder einschläfst.«

Er hob den Arm zum Schwur. Dann konzentrierte er sich. Das fiel ihm nicht allzu schwer. Er brauchte Lucile nur in Gedanken zu begleiten, ihr von ihrem Zimmer in den Eßraum zu folgen, den Liegestuhl zusammen mit ihr zu ergreifen, Pollux zu rufen, die weiten Zimmer im Erdgeschoß zu durchlaufen bis zum Park, sich im Schatten niederzulassen und von dem Unbekannten zu träumen, der gerade dann aufgetaucht war, als das tägliche Leben zu unerträglich wurde . . .

Raoul kniff sich in den Handrücken. »Also, das nennst du Gedankenübertragung? Aber du pennst ja noch, Alter. Los, auf! Sie erhebt sich, unbestimmbar traurig – deinetwegen. Weil sie annahm, du wüßtest Bescheid über den Tod ihrer Eltern. Und jetzt denkt sie dauernd: Er weiß etwas. Und sieht ständig auf die Uhr.«

Raoul machte Licht und sah nach der Zeit. Das verblüffte ihn: »Schon zwölf. Sie setzt sich mit ihrem Vormund zu Tisch.« Lucile saß ihm gegenüber in dem zu großen Raum und hatte keinen Hunger, Raoul sah sie ganz deutlich. Sie rollte eine Brotkugel zwischen den mageren Fingern. Apolline brachte ein Fischgericht, denn es war Freitag, und bei dem Duft wurde er fast ohnmächtig. Vierundzwanzig Stunden hatte er nichts gegessen. Er murmelte: »Na, gib dir einen Ruck, Lucile. Dieser Fisch ist köstlich. Außerdem brauchst du Kräfte, wenn du bis hierhin radeln willst.« Die Mahlzeit zog sich in die Länge. Der Vormund sagte etwas, man hörte die Standuhr eins schlagen. Der Kaffee wurde serviert. Raoul spürte die Trockenheit im Mund. Er widmete sich ganz dem schrecklichen Spiel. Lucile ging hinauf in ihr Zimmer. Sie lauschte den Geräuschen im Schloß, dem Auto, mit dem ihr Onkel fortfuhr, bald würde Apolline abwaschen ... Zwei Uhr ... Halb drei ...

Raoul verkrampfte sich. Jetzt fiel die Entscheidung. Lucile schlich aus dem Schloß. Niemand sah sie. Sie erreichte die verabredete Stelle. Drei Uhr ... Ah, Lucile! Jetzt muß sie an mich denken, stärker ... Noch stärker ... Wenn ich nicht da bin, so deshalb, weil ich verhindert war ... Wenn ich verhindert war, dann weil man mich gefangenhält. Die Botschaft muß durch den Raum fliegen: Gefangener! Wie eine Depesche ... Wenn Lucile meine Worte auffängt, kommt sie. »Gefangener! Ich bin gefangen.« Mit furchtbarer Anspannung bewegte Raoul die Lippen. Er hörte, wie das Wort aus ihm herausdrang, und wurde dabei langsam schwächer, verströmte alle Energie. Schließlich mußte er aufhören, wie ein Verblutender. Jetzt lag die Initiative bei Lucile ... Es war nicht mehr nötig, sie zu führen. Entweder befand *sie* sich auf dem Weg zu ihm, oder aber der Tod. Aber sie war sicher unterwegs, es ging gar nicht anders. Ein Arsène Lupin durfte nicht wie ein Maulwurf unter der Erde krepieren. Aushalten, Aushalten ... Nicht auf die Uhr sehen, die Zeit darf nicht lang werden. Vorwärts wie ein alter Ackergaul, der an nichts mehr denkt ...

Und er ging schlappen Schrittes, die Füße versackten im Sand. Eine Hand an der Mauer, um die Skelette herum. Nur der Wille war noch da, denn wenn er zusammenbrach, war es aus. Er hätte keine Kraft mehr zum Schreien, wenn Lucile sich oben der Falltür näherte. Aber er zweifelte nicht daran, daß sie gleich dasein würde ... Vielleicht nicht im nächsten Augenblick, aber im übernächsten. Er atmete laut, kaute den Sand, der zwischen seinen Zähnen knirschte. Seine Waden zitterten, er fiel auf ein Knie, massierte sich. Verbot sich, nach der Uhr zu sehen. Das war die furchtbarste Versuchung. Alles andere, Hunger, Durst, waren noch erträglich. Aber wenn er nachgab, die Zeit wissen wollte und vielleicht entdeckte, daß es schon sechs war ... Dann würde er sich hinlegen und das Ende erwarten. Ohne es sich einzugestehen, hatte er bereits die Zeit berechnet, die ein Radfahrer von Eunerville aus benötigte. Mit einem Ruck riß er sich hoch.

Und da hörte er das Geräusch, blieb unbeweglich, entzückt, ungläubig. Das knirschte wie Schritte auf Kieselsteinen. Die Faust am Mund, erstarrt, mit geschlossenen Augen, sammelte er sich, um das winzige Geräusch besser analysieren zu können. Vielleicht war es nur das Blut in seinen Adern? Aber der Laut wurde deutlicher. Er brachte Licht, den Wind der Welt, das Leben – wie der ferne Hall der Spitzhacke dem verschütteten Bergarbeiter seine Befreiung ankündigt. Vor allem markierte es Raouls Triumph. Allein, hoffnungslos verloren, ohne die geringste Aussicht auf Rettung, einzig durch Willenskraft, vielleicht auch Hochmut, hatte Raoul wieder das Schicksal bezwungen. Eine tiefe Freude durchflutete ihn. Tränen stiegen ihm in die Augen. Dieser so beherrschte Mann weinte.

Die Tür knirschte über ihm, der Fußboden knarrte leise. Da schrie er aus Leibeskräften: »Sind Sie es, Lucile? Sie sind es doch, nicht wahr?«

Von sehr weit antwortete die Stimme des jungen Mädchens: »Ich bin es.«

»Gut. Rühren Sie sich nicht. Wo stehen Sie genau?«

»Vor dem Tisch.«

Die Ärmste! Sie sah die beiden Gedecke und versuchte zu begreifen.

»Sehen Sie den Vorhang, Lucile? Dahinter ist eine Falltür. Ja, eine Falle. Sie öffnet sich, wenn man nur den Fuß darauf setzt.«

»Sind Sie verletzt?«

Anbetungswürdige Lucile!

In ihrer Stimme schwang bereits die Unruhe, die Angst einer Frau mit, Gefühle, deren Bedeutung sie nicht kannte; aber dem zitternden Raoul wurde das klar.

»Nein, mir fehlt nichts. Aber ich sitze fest. Sie müssen mir helfen. Gehen Sie um das Haus herum. Dahinter finden Sie eine alte Leiter, die bringen Sie ins Zimmer. Dann erkläre ich Ihnen alles.«

Die Schritte entfernten sich, und bald kündigte ein Poltern Raoul an, daß seine Qualen bald ein Ende haben würden. Da tat er etwas, das ihn selbst überraschte: erschöpft, verhungert, zermürbt, schüttelte er sich doch den Sand aus den Kleidern, bürstete ihn mit der Hand weg, überprüfte seine Krawatte und die Bügelfalte seiner Hose. »Haltung, mein Freund! Eine Rasur hätte dir gutgetan. Und reiß dich zusammen! Vergiß nicht, daß du ein junger Reporter bist!«

Oben stieß die Leiter an die Stühle, rutschte auf dem Boden entlang.

»Sind Sie bereit?« schrie er.

»Ja.«

Das hörte sich so an, als ginge die Anstrengung über ihre Kräfte.

»Gut so. Sie haben das Schlimmste hinter sich, Lucile. Jetzt heben Sie das Ende der Leiter auf Ihrer Seite an, und die andere Seite stoßen Sie vorwärts, als wollten Sie sie unter den Vorhang gleiten lassen. Die Leiter wird die Falltür berühren, und die Belastung öffnet das Brett. Alles klar? Na los – sachte!«

Die Füße der Leiter kratzten auf den Dielen, und plötzlich senkte sich die Falltür. Licht fiel schräg in den Keller. »Stop! Warten Sie ein bißchen.«

Raoul profitierte von dem schwachen Schein und näherte sich den Skeletten.

»Verzeiht mir, aber niemand soll euch mehr stören.« Mit beiden Händen packte er zu und bedeckte sie wieder mit Sand. »Sie darf euch nicht sehen«, erklärte er. »Schlaft in Frieden. Ich kümmere mich um sie, das verspreche ich euch . . . Nicht, was ihr denkt! Ich kümmere mich um sie wie ein sehr alter, väterlicher, ein bißchen verliebter Freund. *Ich* werde ihr Vormund sein, der andere ist eine Null . . . Adieu!«

»Was mache ich jetzt?« fragte Lucile.

»Sie heben die Leiter an und lassen sie ganz sachte heruntergleiten.«

Drei Minuten später gehörte Raoul wieder zu den Lebenden. Er zog die Leiter hoch, die Falltür schloß sich. Er ergriff Luciles Hand.

»Schnell hinaus, hier erstickt man.«

Die Sonne stand noch hoch, das Meer flutete zurück. Niemand war in Sicht.

»Ohne Sie«, sagte er, »wäre es aus gewesen mit mir. Aber mit Ihrer Hilfe habe ich etwas Wichtiges entdeckt. Erinnern Sie sich? Haben Sie sich in den letzten Monaten nie bedroht gefühlt? Ist nichts geschehen, was Sie erschreckt hat?«

»Nein, nicht daß ich wüßte . . . Vielleicht der Unfall mit der Kutsche?«

»Aha!«

»Ein simpler Unfall. Ein Rad brach, ich stürzte. Wenn das Pferd galoppiert wäre, hätte ich's nicht überstanden. Es ging aber im Schritt, entgegen seiner sonstigen Gewohnheit.«

»Wann ist das passiert?«

»Vor drei Monaten. Glauben Sie, daß . . .«

»Natürlich! Das Ganze war so vorbereitet wie die andern Unfälle. Die Schloßbesitzer verschwanden nicht zufällig nacheinander. Ihre Eltern waren die letzten Opfer. Aber Kopf hoch, Lucile.«

Die Hand des jungen Mädchens krallte sich in die seine.

»Sie sind da unten, nicht wahr?« murmelte sie.

»Ja. Man wußte, daß sie jedes Jahr zum Jahrestag ihrer ersten Begegnung hierher kamen. Man hat den Hinterhalt sorgfältig vorbereitet. Und dann ließ man ihr Boot verschwinden, damit alle an Schiffbruch glaubten. Und als nächste sind jetzt Sie dran.«

Lucile klammerte sich an Raouls Arm. »Das ist furchtbar.«

»Und nach Ihnen wird man sich Ihrem Vormund zuwenden, immer mit Heimtücke und Geduld, damit niemand dahinterkommt. Sie befinden sich alle in Gefahr, genau wie ich ahnte.«

»Aber warum nur, warum? Wir haben niemandem unrecht getan.«

Raoul dachte einen Moment nach.

»Wenn ich auf Ihrem Schloß, in Ihrem Schatten, leben könnte, wüßte ich sehr schnell den Grund!«

»Wären Sie doch acht Tage früher gekommen! Vielleicht ist Ihnen bekannt, daß es im Schloß eine sehr bedeutende, ja berühmte Bibliothek gibt. Mein Vormund hat letzte Woche einen Sekretär eingestellt, damit ein bißchen Ordnung in all die Bücher kommt, er soll einen Katalog anfertigen. In vier Tagen trifft er ein.«

»Na, wunderbar. Kennt Ihr Vormund den Mann? Haben sie sich getroffen?«

»Nein, sie setzten sich auf eine Annonce hin in Verbindung. Monsieur Léonce Catarat suchte eine Stellung als . . .«

»Erinnern Sie sich an die Adresse dieses Herrn?«

»Ja. Ich selbst habe doch die Briefe geschrieben. Léonce Catarat, 12, rue des Batignolles, Paris.«

»Und wann soll er eintreffen?«

»Dienstag.«

Lupin gab dem jungen Mädchen seinen Arm und führte es auf den Weg zur Klippe.

»Also, in Zusammenarbeit mit diesem Jungen, der sicher nett ist, werden wir die Verteidigung organisieren. Von nun an wird keine Kutsche mehr verunglücken, das schwöre ich Ihnen.«

»Aber«, fragte Lucile plötzlich eingeschüchtert, »wer sind Sie eigentlich?«

Raoul lachte laut auf.

»Ich mag dieses ›eigentlich‹. Was für ein Kompliment! Stellen

Sie sich vor, meine liebe Lucile, ich habe selbst keine Ahnung. Ein Journalist ist ein Mann mit hundert Gesichtern. Das muß man sein, um in diesem schwierigen Beruf Erfolg zu haben. Ich komme, gehe, recherchiere, verkleide mich ... Um ehrlich zu sein, verzettele ich mich dabei ein wenig. So werde ich mit Hilfe meiner Anpassungsfähigkeit in die mir ganz unähnliche Haut von Léonce Catarat schlüpfen – schon um des Vergnügens willen, ganz in Ihrer Nähe zu leben.«

Lucile errötete, was Raoul entzückte.

»Sie Glückspilz«, murmelte sie. »Sie sind frei! Niemandem müssen Sie über Ihren Tageslauf Rechenschaft ablegen ... Ich wäre wohl nie mehr krank, auch wenn ich die Fähigkeit hätte, zu ... Aber ich rede dummes Zeug.«

»Sie waren noch nie so vernünftig. An Ihnen nagt die Langeweile, meine liebe Lucile, aber in meiner Nähe gibt es keine mehr, das schwöre ich Ihnen. Denken Sie nur an das Abenteuer von heute!«

An der ersten Wegbiegung blieb Lucile stehen und drehte sich zum Haus um. Raoul legte ihr zart die Hand auf die Augen.

»Blicken Sie niemals zurück, meine Kleine. Ihre Eltern fanden die Ruhestätte, die sie sich gewünscht hätten. Und unser Feind darf nicht erfahren, daß wir Bescheid wissen. Kommen Sie, ich setze Sie vor Eunerville ab.«

Er holte seinen Wagen, verstaute das Fahrrad im Innenraum, und ließ Lucile neben sich sitzen.

»Haben Sie große Angst gehabt?« fragte sie.

»Ich war sicher, daß Sie kommen würden.«

»Und wenn ich nicht gekommen wäre?«

»Solche Fragen stelle nur ich. Von andern dulde ich sie nicht!«

Wieder auf der Straße nach Paris, und wie gewöhnlich in einem Höllentempo. Kaum eine Spur von Müdigkeit bei Raoul. Nach dem Abschied von Lucile war er noch bei einer Herberge vorbeigefahren, wo er sich mit einer Scheibe Schinken, einer Apfeltorte und drei Tassen Kaffee gestärkt hatte. Er fühlte sich glücklich und wunderbar in Form. Nur ein einziger Schatten lag über dem Ganzen: Der Baron, oder besser, das Geheimnis des Barons. Denn hinter dem Baron verbarg sich noch jemand ... Der Baron war nur ein zu allen Schandtaten bereiter Handlanger, aber zu borniert, um die Unfälle von Eunerville, das raffiniert eingefädelte Verbrechen an den Ferranges, auszuhecken.

Das verriet einen wachen, unbarmherzigen Verstand und eine monströse Geduld, wie die einer Spinne, die ein Netz webt, wie die Schlange, die auf ihre Beute lauert. Ein geräuschlos zupackendes Nachttier, das den Moment abpaßt, in dem die Wachsamkeit des Opfers nachläßt. Wenn er nicht aufpaßte, würde er selbst noch dran glauben müssen. Er selbst oder sein nun kostbarstes Gut: Lucile.

Am frühen Nachmittag des nächsten Tages verließ Léonce Catarat nach einem bescheidenen Essen seine unscheinbare Hotelpension. Er wischte sich den Schnurrbart und dachte traurig an all die mageren Mahlzeiten, die er in seinem freudlosen Leben noch einnehmen mußte. Finsterer Laune überquerte er die Chaussee, um eine Zeitung zu kaufen. Heftiges Bremsgeräusch ließ ihn zusammenfahren. Das mächtige Auto stoppte und berührte ihn fast, er verlor das Gleichgewicht und fiel auf die Knie. Mühsam richtete er sich auf, stützte sich auf den heißgelaufenen Kühler. Schon stürzte der Fahrer heran, hielt ihn fest.

»Tut mir furchtbar leid!«

»Aber nicht doch«, stotterte Catarat. »Ich war zerstreut . . .«

»Verzeihen Sie mir. Ich bin bestimmt zu schnell gefahren.«

»Jedenfalls fehlt mir überhaupt nichts.«

»Es gibt innere Verletzungen, die sind heimtückisch. Kommen Sie!«

»Wohin denn?«

»Zu meinem Arzt. Ich muß das genau feststellen.«

Der arme Catarat protestierte schwach, aber eine Eisenfaust stieß ihn zum Wagen. Sein Begleiter zeigte sich weiterhin beflissen und aufmerksam, was ihn nicht hinderte, so atemberaubend zu fahren, daß der pechverfolgte Sekretär tausend heimliche Tode starb. Im Nu war man in Neuilly. Quietschend hielt das Auto vor einer Klinik. Ein athletischer Krankenpfleger öffnete das Tor. Im Handumdrehen zog man Catarat vom Sitz und in das Innere des Gebäudes. Vergebens schrie er: »Mir fehlt nichts . . . Ich will Ihnen keine Umstände machen, Sie sind zu freundlich!«

Er fand sich in einem schwach erleuchteten, mit komplizierten Apparaturen vollgestellten Saal wieder, während der Pfleger ihn autoritär auszuziehen begann.

Indessen ging der Autofahrer ins Arztbüro. Er schob seine Autobrille auf die Stirn, setzte sich ohne Umstände und sagte mit charmantem Lächeln: »Du legst ihn mir auf Eis, mein

Alter ... Pack ihn drei Wochen in Gips, bei königlicher Diät, Champagner, Hühnchen, was er will. Alle seine Wünsche sind Befehle, aber da er zu arm ist, um sich viel zu wünschen, übernimm auch das für ihn.«

Er zog zwei Bündel Scheine aus der Brieftasche und legte sie auf die Schreibtischecke.

»Das ist für deinen neuen Röntgenapparat ... Und das für deinen Patienten nach der Heilung. Von dem Kerl, der ihn überfahren hat. Er kriegt es fertig und ziert sich, aber er wird's schon annehmen.«

Er erhob sich, bückte sich, fügte halblaut hinzu: »Verflucht! Das Wichtigste hätte ich fast vergessen. Er wird bald einen Brief an Hubert Ferranges im Schloß Eunerville schreiben. Der darf nicht abgehen. Merk dir's gut: Schloß Eunerville. Ins Feuer mit dem Brief!«

V. Die Entführung

Der Artikel in *Frankreichs Echo* erregte ziemliches Aufsehen. Am Vorabend des Ferienbeginns war eben nicht viel los. Trotz des politischen Unbehagens, trotz des Waffenlärms überall in Europa, boten die Journalisten ihren Lesern nur kleine Verbrechen ohne Bedeutung, berichteten erschüttert von Gaston Seyroles Beerdigung. Man skizzierte seine unscheinbare Karriere, lobte seine bescheidenen Tugenden, versicherte, die Tat würde bald gesühnt ...

»Oberinspektor Ganimard hat eine vielversprechende Spur«, schrieb die Zeitung. »Auf dem Flur der Polizeipräfektur interviewt, vertraute er unserem Mitarbeiter an, es gäbe Neues binnen achtundvierzig Stunden. ›Wir werden vielleicht wieder von einer vergessenen Persönlichkeit hören, die einige schon tot glaubten, die ich aber immer im Auge behalten habe‹, fügte er rätselhaft hinzu. Als jemand ihn daraufhin fragte, ob er vielleicht auf seinen alten Gegner Arsène Lupin anspiele, legte der Inspektor nur den Finger an den Mund und sagte: ›Wer weiß.‹«

Unzählige Neugierige vernahmen es mit Vergnügen. Na endlich! Man würde ein bißchen lachen. Man hatte es nötig. Eine Mund-zu-Mund-Propaganda setzte im ganzen Land ein wie ein gewaltiges Murmeln: »Arsène Lupin ist nicht tot. Arsène Lupin kommt zurück!«

Raoul d'Apignac zerknitterte die Zeitung, warf sie auf das Fußende seines Bettes. Oberinspektor Ganimard sollte eine Spur haben? Was! War er schon dem Baron auf den Fersen? Unmöglich! »Ich, Lupin, habe eine Viertelstunde gebraucht, und ich verfügte über Talente, die ihm fehlen. Da benötigt der mindestens sechs Monate. Noch dazu viel Glück. Nein, nein, er blufft, will sich interessant machen. Darauf fall' ich nicht rein!«

Trotzdem war er schlechter Laune, als er seinem Diener klingelte, als er ohne Appetit seine Eier mit Schinken verzehrte und an seinem Ohr eine speziell für ihn angefertigte, kleine, holländische Zigarre knacken ließ. Er fand seine Normalform nicht. Was steckte die Polizei ihre Nase in die Euerville-Affäre? Er war erwachsen genug, um diese Nuß allein zu knacken. Sie sollten den Baron in Ruhe lassen. Dieses Wild stand einzig ihm zu. Er entschloß sich, an *Frankreichs Echo* zu schreiben. Ganimards Worte hatten seine Eitelkeit verletzt. ›Eine vergessene Persönlichkeit . . . Also, das nun doch nicht. Er würde es ihnen schon zeigen.

Einen Panamahut auf, Griff zum Spazierstock, und raus! Draußen würde er schneller die passende Antwort für Monsieur Ganimard finden. Er schlug den Weg zum Wäldchen ein. Im Grunde hatte der alte Dummkopf ja recht. Seit Monaten entbehrte das Publikum die farbigen Artikel, welche die Legende Arsène Lupin förderten. »Damals kündigte ich meine Abenteuer an. Ich kommentierte sie, amüsierte mich. Gott, war ich jung! Die Zeit eignete sich damals auch besser dafür. Man war lebenslustiger. Ich müßte es doch schaffen, wieder eine von diesen Sachen zu veranstalten, die das Publikum in Atem halten . . .«

Er war so in Gedanken versunken, daß er nicht auf die beiden Passanten hinter sich achtete, die ihn langsam einholten und plötzlich umzingelten. Raoul blieb stehen.

»Na, das ist doch . . .«

Ein dritter Typ unmittelbar vor ihm. Ein vierter gesellte sich dazu, bohrte einen Revolverlauf in Raouls Rücken.

»Keine Bewegung, Raoul d'Apignac! Ich verhafte Sie im Namen des Gesetzes.«

Alles ging so schnell und paßte so gut zu Raouls Vorahnungen, daß er mit seiner ganzen wiedergefundenen guten Laune laut auflachte.

»Du machst vielleicht ein Gesicht, Ganimard! Ja, ich bin's, Raoul d'Apignac, diese vergessene Persönlichkeit! Nun lach schon, alter Kumpel, du hast ja gewonnen . . .« Von Fröhlichkeit gepackt, fuhr er fort, zum Erstaunen der Ganimard begleitenden

Polizisten: »Also, das ist doch das Schärfste! Verdammter Ganimard! Man faßt die Leute von hinten, kommt gleich zu viert, weil man ja nie wissen kann ... Gleich mit vollem Einsatz und Grabesstimme: ›Raoul d'Apignac, ich verhafte Sie!‹ Wie bitte – Armbänder? Für mich? Ich wünsche mir doch nichts sehnlicher, als Ihnen zu folgen. Ich sagte mir gerade: ›Man müßte was für den guten Ganimard tun. Für seine Beförderung ...‹ Darf ich mir mal die Augen abwischen? Es ist nicht meine Schuld, daß ich Tränen lache ... Ah, ein Taxi folgte uns außerdem? Sie denken aber auch an alles. Nach Ihnen! Nein, Sie haben recht, ich bin Ihr Gast ... Chauffeur, zum Spitzen Turm!«

»Kanaille«, brummte Ganimard. »Gleich wirst du so klein mit Hut. Ich will dir zeigen, was es einbringt, Bibliothekare umzulegen.«

»Ach, Sie glauben im Ernst ... Das ist zu drollig! Und natürlich haben Sie auch einen Beweis, belastend, ernsthaft, unangreifbar ...«

»Nicht einen. Zwei!«

Am nächsten Tag erfuhr Raoul darüber mehr, als er dem Untersuchungsrichter Formerie vorgeführt wurde. Vollkommen ausgeruht und zehn Jahre jünger ließ er das Verhör munter über sich ergehen. Aber er stellte gleich fest: »Lassen wir Arsène Lupin aus dem Spiel. Es ist bekannt, daß seine Fingerabdrücke seit langem aus den Karteien der Kriminalpolizei verschwunden sind; also darf niemand derartiges behaupten, obgleich mir der Vergleich schmeichelt.«

»Aber Oberinspektor Ganimard ...«

»Unter uns, Herr Richter, er faselt herum. Lupin ist tot. Jeder weiß das.«

»Einverstanden. Sie sind also nicht Lupin. Das ändert aber nichts daran, daß Sie den unglücklichen Bibliothekar getötet haben. Ich verfüge hier über ein Empfehlungsschreiben, unterzeichnet von Gabriel Tabaroux. Darin wird Raoul d'Apignac dem Sekretär der Gesellschaft für Geschichte und Literatur wärmstens empfohlen. Muß ich hinzufügen, daß Gabriel Tabaroux, Institutsmitglied und Offizier der Ehrenlegion, diesen Brief niemals geschrieben hat?«

»Aber ...«

»Warten Sie. Die Tatwaffe wurde neben der Leiche gefunden. Eine Kugel fehlte. Nämlich die, welche man aus Gaston Seyroles herausholte. Der Expertenbericht läßt keinen Zweifel zu, der Kolben der Pistole trägt klare Fingerabdrücke ... Ihre, Monsieur d'Apignac.«

»Wie bitte?«

»Ihre Abdrücke, die Sie uns gestern nach Ihrer Verhaftung lieferten, sind mit denen auf der Waffe identisch. Damit sind Sie als Mörder überführt.«

»Ich komme da leider nicht mit.«

»Verzeihung?«

»Einerseits sind Sie überzeugt, daß ich nicht Raoul d'Apignac bin, aber andererseits zögern Sie nicht, mich des Mordes anzuklagen.«

»Gewiß.«

»Da weiß ich nicht mehr, woran ich bin. Denn ich schwöre Ihnen, ich habe niemanden getötet. Wie Lupin klebt mir kein Blut an den Händen. Ich frage mich sowieso, ob ich nicht doch Lupin bin.«

»Machen Sie keine Witze«, donnerte der Richter.

»Hören Sie mal«, lenkte Raoul ein. »Ich gestehe Ihnen zu, daß Ihre Beweise ins Gewicht fallen. Aber eins geht nur: Entweder bin ich Lupin oder nicht. Sind Sie imstande, mir zu folgen? Wenn ich Lupin bin, ist Ihnen ohnehin klar, daß Sie mich nicht festhalten können. Soweit einverstanden? Morgen bin ich hier verschwunden. Und wenn ich das schaffe, ist damit der Beweis erbracht, daß ich doch Lupin bin. Weil Lupin aber nicht tötet, habe ich meine Unschuld bewiesen. Die Gedankenkette wirkt zwar ein bißchen kompliziert, aber ... Ich sehe, Sie sind verwirrt, Herr Richter.«

»Genug!« schrie Formerie.

»Schon gut. Nur keine Aufregung!«

»Für mich besteht kein Zweifel mehr: Sie sind Lupin.«

»In diesem Fall muß ich mich leider bald empfehlen.«

»Das werden wir erst sehen.«

»Wenn nicht, wäre ich nur Raoul d'Apignac.«

Der Richter schäumte, Raoul grinste. Der Amtsschreiber lauschte mit offenem Mund. Raoul zog sorgfältig seine Bügelfalte zurecht, verschränkte die Arme.

»Herr Richter, ich bitte Sie, hören Sie mich an. Schließlich bin ich hier, um der Justiz zu helfen. Durch diese lächerliche Verhaftung hindern Sie mich daran, den wahren Verbrecher zu fassen und Ihnen auszuliefern. Ich habe keine Zeit, in der Zelle zu verschimmeln. Wollen Sie mich wirklich nicht freilassen?«

»Abführen«, befahl Monsieur Formerie, dem Ersticken nahe.

»Einen Augenblick! Euer Ehren, ich muß Sie davon in Kenntnis setzen, daß ich meine Vorbereitungen getroffen habe: Ich bin Ihnen um einen Ausbruch voraus! Überlegen Sie!«

Schon packten ihn die Wachen an den Schultern. Raoul riß sich noch einmal los und rief: »Ich bestimme Maître Henri Bornade zu meinem Verteidiger!«

Eine Stunde später, in seiner Zelle des Santé-Gefängnisses, hatte er Muße zum Nachdenken. Er mußte zugeben, daß seine Lage nicht rosig aussah. Der Gegner spielte eine blendende Partie, profitierte von Raouls geringsten Fehlern. Der erste hatte darin bestanden, die Pistole beim Baron anzufassen. Der Diener hatte natürlich Handschuhe getragen. Und den Kolben hatte man vorher abgewischt. Der zweite Fehler: Er hatte den mit Tabaroux unterzeichneten Brief behalten, statt ihn zu zerstören. Der Baron brauchte ihn bloß mit dem Manuskript einzustecken, als er Raouls Taschen durchwühlte. Dann kehrte er zu dem noch unentdeckten Tatort zurück und deponierte dort Brief und Waffe. Der Mörder schien seine Handschrift hinterlassen zu haben, die Polizei besorgte den Rest. In wenigen Stunden sah sich Lupin mit seinen eigenen Waffen geschlagen, außer Gefecht gesetzt und zu verzweifelten Lösungen gezwungen. Denn in zwei Tagen sollte er sich auf Schloß Eunerville als Léonce Catarat vorstellen! Wenn Maître Bornade abwinkte, war alles verloren . . .

Aber Lupin liebte knifflige Situationen. Er zog ein Stück Papier und einen winzigen Bleistift aus dem Jackenfutter, die sie bei der Durchsuchung übersehen hatten. Dann schrieb er an *Frankreichs Echo*:

Einmal mehr verfaule ich auf dem feuchten Stroh des Kerkers. Aus meiner Unschuld schöpfe ich die Kraft, dem Land meine Empörung ins Gesicht zu schreien. Mich, Arsène Lupin, klagt man an, den armen Gaston Seyroles ermordet zu haben. Dabei bin ich seit Jahren tot und ein harmloses Gespenst. Oberinspektor Ganimard zögert jedoch nicht, Gespenster einzukerkern, wenn er die wahren Schuldigen nicht finden kann. Trotz meiner tiefen Abneigung, die Vorteile meiner luftigen Existenz auszunutzen, sehe ich mich gezwungen, die Mauern zu durchdringen und ins Jenseits zurückzukehren. Von da aus werde ich den Mörder packen und ihn zum Geständnis zwingen. Die Öffentlichkeit wird selbstverständlich über den Fortgang meiner heilsamen Aktion von mir unterrichtet werden.

ARSÈNE LUPIN, Gespenst

Während der Mahlzeit drückte Raoul den Brief in die Hand des erstbesten Wärters, zusammen mit einem Geldschein. Der Kerl ließ Brief und Banknote verschwinden und entfernte sich. Raoul setzte auf die Käuflichkeit des Menschen und gewann. Und am nächsten Morgen brach ein gewaltiges Lachen aus.

Auf der Straße rissen sich Passanten die Zeitung aus den Händen. Sie sprachen einander an, ohne sich zu kennen, beglückwünschten sich: »Klar, das ist er! Wir wußten doch, daß er lebt! Jetzt geht's rund.« In den Blicken spiegelte sich eine naive, volkstümliche Freude: Der Abenteurer kehrte zurück. Auf einen Schlag schien das Alltagsleben mit seinen Mühen und Plagen erträglicher. Da war ein ungreifbarer, allmächtiger Mann, der seine ungeheure Intelligenz und Energie in den Dienst der Gerechtigkeit stellte. Und sofort wettete man in den Fabriken, in der U-Bahn, in den Bars, bis hinein in die bürgerlichsten Häuser: Bricht er aus . . . Bricht er nicht aus? Nicht lange, denn ein lakonisches Communiqué verkündete am Abend, daß Raoul d'Apignac, den man verdächtigte, Arsène Lupin zu sein, ganz unerklärlich aus der Santé verschwunden war. Er war dort nur 48 Stunden geblieben. An seiner Stelle fand man seinen Anwalt, Maître Henri Bornade, niedergeschlagen, betäubt, und unfähig zu erklären, was ihm zugestoßen war.

Ein Delirium. Man vergaß alles: Die internationale Kriegsdrohung, die Großtaten der ersten Flieger, den Skandal Caillaux . . . Tja, man erkannte sie wieder, die herausfordernde Art Lupins, seine geistvolle Ungezwungenheit. Aber, wie zum Teufel, hatte er das bloß fertig gekriegt? Was für Komplicen fand er in so kurzer Zeit? Durch welches Wunder hatte er die Wächter getäuscht? Erst lange danach, nach dem Tod von Maître Bornade, erklärte mir Lupin seinen Blitzausbruch. Ich höre ihn noch sagen: »Ich konnte damals nicht die Wahrheit enthüllen. Außerdem halte ich es wie die Illusionisten: Ich mag meine Tricks nicht erklären. Und der hier ist so blöd, daß ich mich schäme, darüber zu sprechen.«

Sein Profil belebte sich, und der leichte Krähenfuß am Augenwinkel lächelte. Jungenhaft beugte er sich zu mir herüber, schlug mir freundschaftlich aufs Knie.

»Na, sagen Sie bloß nicht, daß Sie's nicht begriffen hätten! Der Ausbruch war doch aus purer Vorsicht schon lange geplant. Ich hatte es dem alten Trottel von Richter doch angekündigt. Ich besaß wirklich um einen Ausbruch Vorsprung, so wie man Geld für den Notfall versteckt haben kann. Ich muß eben alles vorausahnen, sogar die Dummheit der Polizei. Daher wußte Maître Bornade was zu tun war, als ich ihn um Hilfe bat.«

Lupin lehnte sich zurück und lachte jugendlich-frisch, so daß es Spaß machte, ihm zuzuhören. Er fuhr fort, manchmal von Fröhlichkeitsausbrüchen geschüttelt: »Der arme Bornade konnte mir gar nichts abschlagen – aber das ist eine andere Geschichte. Er trug auf meinen Befehl einen dicken Schnauzer und einen wunderbaren Bart, lang, seidig, wie im Theater. Das gefiel ihm vielleicht nicht, aber für mich war es entscheidend ... An diesem Morgen besuchte er mich im Regenmantel, denn es goß draußen, den Hut ins Gesicht gedrückt. Eine halbe Stunde später sahen die Wächter einen Schnauzer, einen Bart, einen nach unten gedrückten Hut und einen Regenmantel herauskommen und dachten keinen Moment an mich. In seiner Aktentasche hatte er mir einfach Schminkzeug mitgebracht. Hokuspokus!«

»Und er selbst?«

»Bevor ich fortging, schläferte ich ihn mit einem kraftvollen Kinnhaken sehr freundschaftlich ein. Das war abgemacht. Niemand durfte glauben, er sei mein Komplice. Deswegen fragt sich Ganimard immer noch, wieso ich mich schminken konnte ...«

Daraufhin verabschiedete sich Lupin von mir. Ich sollte ihn lange Jahre nicht wiedersehen.

Am Tag nach dem Ausbruch von Raoul d'Apignac stellte sich ein hagerer, kümmerlich wirkender, mit einer schon glänzenden Jacke gekleideter, lorgnontragender Mann am Schloßtor von Eunerville vor. Achille, der Chauffeur, kam, um ihm zu öffnen.

»Ich bin Léonce Catarat«, sagte der Besucher schüchtern.

»Warum sind Sie denn zu Fuß vom Bahnhof gekommen?« bemerkte Achille unfreundlich. »Wir hätten Sie abgeholt. Folgen Sie mir, Monsieur erwartet Sie in der Bibliothek. Geben Sie mir Ihren Koffer.«

Er führte den Sekretär ins Schloß und überließ ihn Monsieur Ferranges, der den Neuankömmling etwas von oben herab betrachtete. »Sie wissen, was ich von Ihnen erwarte, Monsieur Catarat? Meine Nichte hat es Ihnen wohl beschrieben. Sind Sie im Bilde über diese Arbeit?«

»Ich glaube, ja. Es scheint mir nicht allzu schwer.«

»Ich möchte einen alphabetischen Katalog der Autoren und einen der Werke.«

»Gemacht. Bloß das dauert vielleicht – entschuldigen Sie – ein bißchen lange.«

»Spielt keine Rolle. Sie sind hier zu Hause, Monsieur Catarat. Ich habe keine Zeit, Sie im Schloß herumzuführen, denn ich muß in die Fabrik, aber meine Nichte wird das mit Vergnügen übernehmen... Lucile! Kommst du einen Moment?«

Das junge Mädchen trat aus dem Salon. Beim Anblick des Sekretärs schien sie zutiefst enttäuscht, gab ihm schwach die Hand, während der Onkel die beiden einander vorstellte.

»Also, ich lasse Sie allein, Monsieur Catarat. Lucile zeigt Ihnen Ihr Zimmer.«

Ein knapper Gruß, und Ferranges entfernte sich.

»Hier lang«, sagte Lucile und ging zur Treppe.

Und Lupin hätte fast gesagt: »Ich weiß, hier war ich schon.« Sehr zufrieden kletterte er die noble Treppe hinter Lucile hoch. Vor ein paar Tagen hatte er hier mit seiner Angst gekämpft, während die Alarmklingel schepperte. Heute kam er als Gast in das schöne Heim. Er liebte die Gegensätze, den schnellen Umschwung, das war das Salz in seiner Lebenssuppe. Und da er gerne scherzte, freute er sich schon auf die Überraschung, die er Lucile bereiten würde, wenn er sich als Richard Dumont zu erkennen gab. Er trottete hinter ihr her, tat so, als sähe er sich alles voller Respekt und Bewunderung an.

»Da ist Ihr Zimmer, Monsieur Catarat. Es geht auf den Park hinaus.«

»Danke – es ist herrlich. Man hört die Vögel singen. Wenn ich es mir leisten könnte, hätte ich gern einen Vogelbauer, einen riesigen Vogelbauer...«

Er bemühte sich, unscheinbar und eher lächerlich zu wirken. Es machte ihm viel Spaß zu spüren, wie er Lucile auf die Nerven ging, weil er nicht der war, den sie erwartete, weil sie annahm, der geheimnisvolle, ihre Phantasie beschäftigende Journalist käme nicht.

»Wollen Sie jetzt das Schloß besichtigen, oder ziehen Sie es vor, ein wenig zu ruhen?«

»Ich möchte mit Ihnen plaudern.«

Lucile, auf dem Weg zur Tür, blieb stehen und drehte sich um zu der kümmerlichen Gestalt, deren Stimme plötzlich anders klang. Ein verblüffendes Schauspiel bot sich ihr. Der kleine Sekretär reckte sich; plötzlich kleidete ihn das ausgefranste Jackett mit Eleganz, er nahm sein Lorgnon ab, seine Augen blitzten listig, er machte eine Reverenz im alten Stil.

»Richard Dumont, zu Ihren Diensten.«

Fassungslos wußte sie nicht, ob sie lachen oder sich ärgern

sollte. Die Hände auf der Brust zusammengepreßt, betrachtete sie fast erschreckt den neuen Besucher, der plötzlich vor ihr stand wie ein Märchenprinz.

»Hatte ich Ihnen nicht versprochen, daß ich kommen würde?« fragte der Journalist. »Es erschien mir ratsam, ein unscheinbares Äußeres zu wählen. Unsere Feinde wachen, daran besteht kein Zweifel. Aber wer würde schon einem Ccatarat mißtrauen?«

»Verkleiden Sie sich oft, Monsieur Dumont?«

»Sehr oft. Aus beruflichen Gründen. Und ich darf sagen, daß mir das ziemlich gut gelingt. Schauen Sie mal.«

Im Nu schrumpfte er zusammen, sein Blick erlosch hinter dem Kneifer, die Jacke hing wie alter Plunder von seinen Schultern, seine Stimme wurde unklar, und er stotterte schüchtern: »Sehe ich – wenn Sie erlauben – nicht wie ein Hilfslehrer aus?«

Lucile klatschte in die Hände und schrie wie ein Kind auf dem Jahrmarkt: »Noch mal!«

»Nein«, sagte Richard Dumont. »Sie vergessen, daß ich zur Arbeit hier bin. Wir müssen seriös bleiben.«

»Aber, wo haben Sie den wahren Léonce Catarat hingetan?«

»Pst ... Lucile, Sie dürfen mich nie ausfragen. Aber sorgen Sie sich nicht um ihn.«

»Und verstehen Sie denn seine Arbeit?«

»Primitive Kunst. Da habe ich schon andere Dinge bewältigt!« Er lächelte. Ein absurdes Glücksgefühl. Eine schwache, wohlbekannte Stimme hauchte in sein Ohr: »Alter Schmierenkomödiant, hör auf, mit diesem Kind, das dich so naiv bewundert, Marivaux zu spielen! Warum läufst du nicht gleich auf den Händen?« Und er antwortete: »Ich gehe nicht weiter, Ehrenwort. Bloß mußt du verstehen, daß die arme Kleine krank war vor Einsamkeit. Ich gebe ihr in diesem Augenblick Gesundheit, Lächeln und die Liebe zum Leben wieder ... Also öde mich nicht an!«

»Auf zur Besichtigung«, meinte Lucile.

»Sie brauchen mich nicht zu begleiten. Entschuldigen Sie, aber ich mag es lieber, wenn ich das Schloß allein entdecke. Übrigens, was ist mit Bernardin?«

»Er ist noch nicht zurückgekommen. Wir fangen an, uns Sorgen zu machen. Wenn er weiter ausbleibt, verständigt mein Onkel die Gendarmerie. Vielleicht ist ihm etwas zugestoßen. Ich weiß, daß er kam und ging, wie er wollte. Er pochte stets auf seine Unabhängigkeit.«

»Eben. Er wird also wütend, wenn man die Gendarmen auf

ihn hetzt. Glauben Sie mir, es ist besser, noch etwas zu warten. Nützen Sie Ihren Einfluß auf Monsieur Ferranges. Ich will meinerseits sehen, was sich machen läßt... Noch etwas: Bewahren Sie immer Distanz zu mir. Ich existiere ganz einfach nicht für Sie, bin hier nur eine Silhouette, ein Schatten... Und jetzt trennen wir uns.«

In der Bibliothek musterte er melancholisch die buchbedeckten Wände. Wohl vierzehn- oder fünfzehntausend Bände zu beackern! Er würde nicht Wochen damit verlieren, Karteien anzulegen; da hatte er Besseres zu tun. Aber was? Er wußte noch nicht, was er suchte. Um Erfolg zu haben, brauchte man den alten Bernardin und das Manuskript. Also mußte logischerweise der Baron früher oder später in der Gegend auftauchen, und dann... Raoul erreichte die Galerie. Sofort überraschte ihn die harmonische Raumaufteilung angenehm. Ein sehr weiter Saal, erhellt durch eine Reihe hoher Fenster, die alle auf den Hof hinausgingen. Originellerweise gab es im Hintergrund eine Erhöhung wie eine Theaterbühne. Sicherlich war sie ursprünglich für die Musiker bestimmt gewesen, wenn der Schloßherr einen Ball gab. Die Gemäldesammlung war geeignet, einen Liebhaber lange festzuhalten. Im Schein seiner Blendlaterne hatte Raoul damals wohl sehr schöne Werke bemerkt, aber nun konnte er nach Herzenslust den Reichtum des Ganzen genießen, der die Installation einer Alarmklingel und den Besitz eines Smith und Wesson wohl rechtfertigte. Gebannt ging er langsam vorwärts, lief so geräuschlos wie möglich über die Marmorfliesen; abwechselnd schwarz und weiß waren sie, wie ein riesiges Schachbrett. Viele Porträts und vor allem Männer, Prälaten mit gefalteten Händen, Hofleute, den Degen an der Seite, hohe Beamte. Das Auge schwankte zwischen so vielen gesammelten oder strengen Gesichtern, die der Stille noch vage Vorwürfe hinzuzufügen schienen. Glücklicherweise unterbrach ein immenser Wandteppich, wunderbar erhalten, die Monotonie dieser feierlichen Gestalten. In bläulichen Farbtönen gefertigt, war er charakteristisch für die Französische Schule und stellte den Hof König Franz des Ersten dar. Im Vordergrund streckte der König den Arm über ein Schachbrett, um eine Figur zu ergreifen, während sein Gegner nachdachte: eine Geste voller Anmut. Zu Füßen des Königs spielte Triboulet mit einem Windhund. Und ringsumher gingen Edelleute spazieren, am Arm Damen in schillernden Kleidern. Raoul trat ein Stück zurück, um die Ausgewogenheit der Komposition besser zu würdigen, dann nahm er die Mannigfaltigkeit

der Farben in Augenschein, die fast betuliche Art der Detailaus-
führung. Ein herrliches Werk, das ihm normalerweise schlaflose
Nächte bereitet hätte ... Er seufzte und entfernte sich ein bißchen, um vor Johannes dem Täufer zu verweilen. »Konventio-
nell, nicht sehr interessant«, dachte er. Daneben ein Musketier
in der Taverne, er zechte fröhlich mit zwei Kumpanen. Viel Bewegung im Bild, aber Raoul liebte das Grandiose nicht. Er zog
das Allegorische vor, zum Beispiel diesen kleinen Jakob, der mit
dem Engel kämpfte.

»Verdammt noch einmal: Johannes ... Jakob ... D'Artagnan ...«

Die Worte des alten Bernardin kamen ihm plötzlich ins Gedächtnis. War das möglich? Johannes folgte auf Jakob ... Raoul
bemerkte jetzt die etwas hellere Farbe der Wand um das Johan-
nesgemälde herum. Er ging zurück. Kein Zweifel: Dort hatte
einmal ein anderes Bild gehangen, das eine größere Fläche in
Anspruch nahm. Raoul schloß die Augen. Oft schon hatte ihn
die Wahrheit mit ihren Lichtbündeln durchdrungen, und er spürte ihr Nahen auch jetzt, sie würde ihm ins Gesicht springen wie
die Inspiration dem Künstler. Er durfte sich nur nicht bewegen,
mußte eine dunkle Suche stattfinden lassen, die in geheimnisvolle
Tiefen vordrang ...

»Johannes folgt Jakob ... Johannes folgt Jakob ... Und weiter? Ah, ich sehe schon!«

Er hängte die beiden Bilder ab, befestigte den Jakob auf dem
Platz des Johannes. Das Gemälde bedeckte genau die helle Stelle
an der Wand. Das hieß, früher hatte Jakob dort gehangen. Johannes war ihm gefolgt.

Na und? Der Musketier d'Artagnan? Welche Rolle spielte er?
Der Geistesblitz von eben war schon erloschen. Angespannt versuchte Raoul, zu begreifen ... Wie dumm! Etwas Wichtiges
schon zu berühren, und dann wieder zurückfallen zu müssen ins
vorsichtige Tasten!

Plötzlich spürte er instinktiv, daß er nicht mehr allein war. Er
ging lässig ganz nahe an eine Vitrine heran, aber ohne auf die
Medaillen, Plaketten und Orden zu achten, beobachtete er den
Reflex der Galerie und entdeckte hinter sich, nahe der Eingangstür, eine schlanke Silhouette, die er sofort erkannte. Valérie! Die
Enkelin von Bernardin. Wenn das Kind vor Richard Dumont
seinerzeit Angst gehabt hatte, so fürchtete es Léonce Catarat
überhaupt nicht. Der gehörte zu ihrer Welt, war schüchtern wie
sie, brauchte sie vielleicht, denn er wirkte etwas verloren in dieser

gewaltigen Galerie. Raoul drehte sich langsam um.

»Valérie.«

Er sprach sehr sanft und überzeugend, sie kam mit ausgestreckter Hand auf ihn zu.

»Guten Tag, Valérie. Siehst du, ich gehe spazieren und bewundere die Gemälde. Ich hab' kein schönes Heft wie du, aber ich notiere mir Sachen im Kopf ... Zeigst du mir deins?«

Unter dem linken Arm hielt sie ein blaues Hundert-Seiten-Heft mit ihrem sorgfältig geschriebenen Namenszug: Valérie Vauterel. Es enthielt Diktate, Rechenaufgaben, Zusammenfassungen.

»Ich wette, du bist eine sehr gute Schülerin.«

»Ja«, sagte das Mädchen vertrauensvoll.

»Du lernst gut, hast ein gutes Gedächtnis.«

»O ja.«

»Na, dann sieh dich mal um. Hat etwas hier kürzlich den Platz gewechselt?«

Sie konzentrierte sich ernsthaft, mit dem Wunsch, bei diesem sanften Herren einen günstigen Eindruck zu hinterlassen. »Nein«, antwortete sie. »Alles ist wie vorher.«

»Kommt dein Großvater oft in diese Galerie?«

»Ja.«

»Geht er an die Vitrinen, an die Gemälde?«

»Ja, er staubt sie ab.«

»Und weiter? Was macht er noch?«

Sie zögerte, errötete und sprach leiser: »Manchmal geht er auf dem Dach spazieren.«

»Was, er läuft auf dem Dach? Bist du sicher?«

»Ja. Er läuft auf allen vieren.«

Sie beobachtete Raoul verstohlen, fürchtete wohl, etwas ausgeplaudert zu haben, was ein schlechtes Licht auf ihren Großvater warf; aber sie lächelte, als sie sah, daß der Herr dieses Geständnis mit großem Interesse aufnahm.

»Und wann geht er aufs Dach?«

»Nachts. Einmal bin ich aufgewacht und hab' ihn gesehen. Er hat sich geärgert. Beinahe hätte er mich geschlagen.«

»Valérie!« Luciles Stimme. Fast im selben Augenblick stand das junge Mädchen auf der Schwelle zur Galerie.

»Ah, Valérie, da bist du. Kannst du nicht antworten, wenn man dich ruft? Sie müssen entschuldigen, Monsieur Catarat, Valérie ist neugierig wie eine Katze. Ich hole sie, damit sie ein bißchen arbeitet.« Sie war näher gekommen und ergänzte ganz leise: »Gewöhnlich beschäftigt sich ihr Großvater mit ihr, aber jetzt muß ich ihn wohl vertreten.«

Der kleine Bibliothekar legte seine Hand auf Valéries Kopf. »Arbeitet sie zufriedenstellend?«

»Ja. Sie ist sehr fleißig.«

»Dann geben wir ihr doch mit Ihrer Erlaubnis einen Tag frei.« Er tätschelte die Wange der Kleinen.

»Also, geh spielen, Valérie. Morgen wird wieder gearbeitet.«

»Danke, Monsieur!« Sie rannte fort.

»Sie fragen sich nach meinen Gründen«, sagte Raoul, der wieder die Stimme Richard Dumonts annahm. »Aber ich muß das Vertrauen der Kleinen gewinnen. Sie weiß Dinge . . .«

»Was für Dinge?«

»Keine Ahnung. Aber ich werde sie nach und nach ausfragen. Vergessen Sie nicht, daß sie ihrem Großvater überall hin folgte, seinen Reden zuhörte . . . Vielleicht vertraute er ihr manchmal etwas an. Leidet sie unter seiner Abwesenheit?«

»Ich glaube nicht. Sie ist ziemlich verschlossen. Aber Bernardin erzieht sie etwas zu rauh. Wir haben ihr erzählt, daß er verreist sei, und sie schien darüber eher froh.«

»Führen Sie mich durch den Park«, bat Dumont. »Wir haben Zeit, und für Ihren Diener muß ich der Dümmling aus Paris bleiben, den man durch das Grundstück lotst.«

Er ging zwei Schritte hinter Lucile, respektvoll, verschüchtert, etwas gebeugt, in einer geschickt gemachten, servilen Haltung. Erst außer Sichtweite des Schlosses richtete sich Raoul auf und holte Lucile ein.

»Ich habe Grund zu der Annahme, daß Sie alle überwacht werden«, sagte er. »Fragen Sie mich nicht, von wem . . . Es ist zu früh, um darauf antworten zu können. Ich benötige einen gründlichen Lageplan des Schlosses. Auch vom Park und von der Umgebung, denn ich bin sicher, daß hier die Entscheidung fallen wird. Nein, keine Angst, Ihnen wird nichts zustoßen . . . Halt, wohin führt diese Tür?«

»Nirgends wohin. Auf der anderen Seite führt ein Weg zu den Feldern. Früher ging diese Tür auf einen kleinen Friedhof, eine Dépendance vom Schloß. Unter der Revolution wurde der Friedhof Gemeindebesitz, man hat seine Mauern zerstört, und nun ist er mit dem städtischen Friedhof von Eunerville vereint.«

Raoul öffnete die Tür und bemerkte sofort einen Schatten, der um die Ecke verschwand. Um Lucile nicht zu erschrecken, blieb er regungslos stehen und lauschte nur. Steine rollten; der Kerl rannte fort.

»Alle Eunervilles liegen hier«, sagte Lucile, die nichts bemerkt hatte. »Wollen Sie einen Blick darauf werfen? Der Eingang zum Friedhof ist ganz in der Nähe.«

Sie folgten dem Weg, bogen links ab und gelangten auf die Straße vom Dorf her, welche zum Haupteingang führte. Raoul sah sich kurz um. Möglicherweise schlich der Typ noch durch die Gegend. Sicher ein Gehilfe des Barons... Durch eine lange Eibenallee führte Lucile ihn zu einem Nebenweg, der vor einer Reihe alter Gräber endete. Raoul spitzte wachsam die Ohren. Tiefe Stille lag über den Grabsteinen, Kreuzen, Kränzen, verwelkten Sträußen. Leicht zerstreut las er die Inschrift auf der letzten Steinplatte:

Hector d'Eunerville

1772–1851

Er war gut zu den Unglücklichen

Betet für ihn!

Hector d'Eunerville – der Schloßherr, von dem Maître Frenaiseau gesprochen hatte. Raoul erinnerte sich an das Gespräch: Louis-Philippes Flucht, seine Rückkehr nach Eunerville... Und plötzlich bemerkte er gleich neben dem Grabstein eine andere, wesentlich bescheidenere Platte: Evariste Vauterel – 1816–1901.

Was denn, Vauterel? Valéries Familienname? Evariste Vauterel war jener blind ergebene Diener gewesen, den der Notar erwähnt hatte. Dann stammte Valérie also in direkter Linie vom jungen Verwalter beim Grafen d'Eunerville ab, von Evariste, der den König nach Trouville brachte. Doch wer war der alte Bernardin?

Raoul packte Lucile am Arm.

»Sagen Sie mir, ist Bernardin ein Verwandter von Evariste Vauterel?«

»Er ist sein Sohn.«

Raoul spürte wieder das Aufflackern der Wahrheit, das er in der Galerie empfunden hatte. Aber noch einmal wurde alles dunkel. Sicher, die Verbindung zwischen dem Geheimnis und Vauterel lag auf der Hand – aber welches war das Geheimnis?

»Bernardin hat immer im Schloß gelebt«, fuhr Lucile fort. »Er hat als Kind dort gespielt, genau wie Valérie heute. Man könnte sich fragen, ob er nicht der wahre Schloßherr ist. Die Eunervilles sind ausgestorben, aber die Vauterels gibt es noch.«

»Wiederholen Sie das!« sagte Raoul heftig. »Wiederholen Sie das, bitte.«

Lucile sah ihn erstaunt an.

»Es ist wahr: Die Eunervilles sind ausgestorben, aber die Vauterels folgen einander, vom Vater auf den Sohn, vom Sohn auf die Tochter.«

»Ah«, murmelte Raoul, »da haben wir's, da haben wir's!«

Und plötzlich, mit jener Geistesgegenwart, die ihn bei Schlußfolgerungen jede Zwischenstufe des Gedankengangs überspringen ließ, wußte er, daß Valérie sich in Gefahr befand, daß die Banditen, nachdem sie nicht alles von dem Greis erfahren hatten, Valérie todsicher entführen würden. Er sah wieder den Schatten hinter der Mauer verschwinden.

»Das werde ich mir nie verzeihen . . .«

»Was ist?« fragte Lucile, erschreckt von der Angst, die sie plötzlich im Gesicht ihres Gefährten sah.

Aber Raoul nahm sie bereits an der Hand, zog sie zum Ausgang, seine Augen durchkämmten die Alleen, seine angespannten Sinne achteten auf das leiseste Geräusch. Verdammt! Wenn sie das Schloß beobachteten, war der Baron vielleicht ganz nah. Er hatte gewiß nicht erraten, wer sich hinter dem neuen Angestellten verbarg, der so harmlos wirkte. Niemand würde sich also an Léonce Catarat vergreifen. Aber seine Spione hatten dem Baron wahrscheinlich mitgeteilt, daß Lucile, die nur selten ausging, sich in diesem Moment nicht im Park befand.

Raoul rannte beinahe, das junge Mädchen konnte ihm kaum folgen. Die kleine Tür stand noch offen.

»Wohnt Bernardin im Schloß?« fragte Raoul.

»Nein, in dem kleinen Pavillon dort hinten links. Lassen Sie mich los, sonst falle ich noch.«

Raoul tat es und begann zu rennen. Im Galopp überquerte er den Ehrenhof, vorbei an Apolline.

»Haben Sie Valérie gesehen?«

»Vor kaum fünf Minuten war sie noch da. Sie spielte vor ihrer Tür, ist wohl hineingegangen.«

Er hörte nicht mehr hin. Mit ein paar Sätzen erreichte er den Pavillon.

»Valérie! Antworte, Valérie!«

Er stieß die Tür auf, hielt an, um zu verschnaufen. Aber er wußte schon Bescheid.

»Valérie!«

Er ging hinein, prüfte schnell die Küche, den Eßraum, die beiden Zimmer. Valérie war verschwunden. Hier konnte man sich nirgends verstecken. Man hatte sie also entführt, vor seiner Nase – sie verspotteten ihn. »Dieser Gangster!« dachte Raoul. »Er kriegt es fertig und foltert sie.« Die Fingernägel krampften sich ihm in die Handflächen. Er drehte sich im Kreise, unsicher über die richtige Gegenmaßnahme, gedemütigt, daß man ihn so reinlegte, mit einem Kummer, der ihm die Kehle zuschnürte. Die kleine Valérie! So vertrauensselig! So lieblich mit ihren kindlich-braven Zöpfen und ihrem artig geführten Heft.

Lucile kam dazu, außer Atem.

»Aber was suchen Sie denn?«

Raoul hatte sich gleich wieder in der Gewalt.

»Valérie ist verschwunden«, sagte er.

Lucile wurde bleich; Raoul stürzte auf sie zu, um sie zu stützen.

»Lucile! Sie können mir helfen. Es ist noch nicht zu spät, sie ist sicher nicht weit . . . Suchen wir! Irgendwo muß es einen Hinweis geben. Wir kämmen alles durch, ruhig, methodisch. Fangen wir mit der Küche an.«

Gehorsam begleitete ihn Lucile dorthin und begann, die Stühle zu rücken.

»Nein«, sagte Raoul. »So nicht. Suchen heißt nachsehen, ob etwas verändert wurde. Die Dinge reden.«

Er lief auf und ab wie ein Maler vor seinem Bild. Lucile wagte sich nicht zu rühren.

»Da haben wir's!« schrie er.

Er bückte sich, hob eine Papierkugel am Fuß der Standuhr hoch, entfaltete sie, glättete sie mit der flachen Hand. Lucile näherte sich, und gemeinsam lasen sie: »Bring mir den Brief, der im Buchdeckel der Bibel versteckt ist. Ich erwarte dich vor der Kapelle im Wäldchen – Großvater.«

»Sie wollten es unauffällig machen«, dachte Raoul. »Fürchteten wohl ihre Schreie. Deshalb gaben sie ihr einfach diesen Zettel und lockten sie in die Falle. Das war sehr klug. Die Bibel befindet sich bestimmt in Bernardins Zimmer.«

Er rannte durch den Eßraum. Auf dem Nachttisch fand er sie, ein massiver Quartband, in Leder gebunden. Auf der Innenseite des Deckels ein schmaler Schlitz, in den man leicht ein Stück Papier stecken konnte. Aber das Versteck war leer.

Also nahm der Baron die Offensive wieder auf, erzielte den entscheidenden Punkt. Der gefolterte Greis hatte schließlich seinen Peinigern die Existenz der Bibel und ihr Geheimnis verraten. Vor fünf Minuten war dieses Geheimnis noch greifbar, unverletzt gewesen. Apolline hatte es gesagt: fünf Minuten! Mit einem Auto hätte er sie leicht eingeholt. Warum war er bloß so vorsichtig gewesen, Léonce Catarat im Zug anreisen zu lassen?

Er zwang sich äußerlich zur Selbstbeherrschung und Souveränität, hörte aber innerlich die Sekunden unerbittlich verrinnen.

»Lucile, was haben wir hier an Fortbewegungsmitteln?«

»Das Auto meines Onkels. Aber er ist damit unterwegs.«

»Und sonst nichts weiter?«

»Doch, mein Fahrrad und ein Motorrad, besser gesagt, eins mit Seitenwagen. Mein Vater fuhr damit zum Malen.«

»Wo ist es?«

»In der Garage. Aber man hat es so lange nicht benutzt ...«

»Es wird schon fahren. Hören Sie gut zu, Lucile: Während meiner Abwesenheit – es dauert nicht lange – vergessen Sie alles, was geschehen ist. Sie gehen spazieren, lesen, pflücken Blumen. Aber Sie denken nicht nach. Verstehen Sie? Ich bringe Ihnen die Kleine zurück. Klar?«

So viel ruhige Kraft ging von diesem Mann aus, daß das Mädchen zuversichtlich lächelte.

»Sie können sich auf mich verlassen, Monsieur Dumont. Und viel Glück!«

Raoul rannte zur Garage, und dort segnete er Achille, der als sorgsamer Diener die Maschine gut gepflegt hatte. Aber der Tank war leer. Zum Glück fehlte es nicht an Kanistern mit Benzin. Er tankte voll auf, immer sehr achtsam, obwohl die Zeit drängte. Dann stieß er das schwere Seitenwagengefährt hinaus, brachte es in Gang. Nach kurzem Zögern gehorchte ihm der Motor, und Raoul sprang auf. Er bremste neben Lucile, die seinen Manövern leicht verängstigt zusah.

»Die Kapelle im Wäldchen«, schrie er »ist sie weit von hier?«

»Nein, vierhundert Meter, gleich rechts hinter dem Park.«

Er startete, kleine Steine spritzten hoch. Trotz der ernsten Lage genoß er die Geschwindigkeit, denn Mechanik begeisterte ihn stets. Bald sah er die efeubedeckten Mauern der Kapelle. Auskuppeln, absteigen, das Seitenschiff entlanglaufen, dafür brauchte er nur Sekunden. Sofort sah er Spuren im Staub und identifizierte sie mühelos: von Dunlop! Leicht auszumachen wegen der parallelen Streifen des Profils. Ein kleiner Ölfleck bezeichnete den Ort, wo der Wagen der Entführer geparkt hatte. Klar stand das Bild vor ihm: Die Kleine war ganz aufgeregt angekommen: »Wo ist Opa?« – »Hier, er erwartet dich.« Sie ging arglos weiter. Eine Hand knebelte sie, ein Arm hob sie hoch. Und der Wagen fuhr ab.

»Dreckschweine«, grunzte Raoul.

Ein Blick zur Uhr. Der Rückstand betrug nun eine Viertelstunde. Wieder auf die Straße, den Boden kontrolliert, auf dem sich von Zeit zu Zeit Dunlopspuren abzeichneten, zwischen solchen von Pferdefuhrwerken. Zum Glück gab es wenige Autos in dieser Ecke der Normandie, und in Pont-Audemer sagte ihm ein Straßenfeger, daß ein schwarzer Wagen vor kurzem vorbeigefahren war. An der Gabelung hatte er die Richtung nach Rougemontiers eingeschlagen.

»Fuhr er schnell?«

»Nicht sehr. Sicher Leute aus Paris, sie schienen in der Gegend nicht gut Bescheid zu wissen.«

Mit Vollgas weiter, der Motor heulte gequält. Rougemontiers . . . Wieder Reifenspuren in der Kurve. Der Wagen war hinausgetragen worden, die Räder hinterließen Abdrücke auf der Grasnarbe. Die Banditen waren also auf dem Weg nach Bourg-Achard. Mit wirrem Haar, die Augen von Staub und Fahrtwind brennend, sah Raoul die Straße auf sich zukommen, suchte Löcher und Gräben zu vermeiden, preßte die Knie an den Tank, um die Balance zu halten. In der Ferne der Glockenturm von La Bouille.

Verflucht! Eine Menschenmenge in der Mitte der Chaussee um ein zusammengebrochenes Pferd, das zwischen die Deichseln eines anderen Wagens geraten war. Er drosselte das Tempo, umkurvte das Hindernis, sah im Vorüberfahren die weißen Augen des Tieres und die zusammengekrümmte Gestalt des Fuhrmannes, fuhr an den Gehsteig und stoppte neben einem Jungen.

»Hast du vor einer Viertelstunde hier ein Auto gesehen?«

»Ein schwarzes?«

»Ja.«

»Mit geschlossenen Vorhängen?«

»Ja.«

»Vor 'ner knappen Viertelstunde. Es mußte drei oder vier Minuten anhalten.«

Der Junge staunte, daß er ein Fünf-Franc-Stück bekam, schaute dem verrückten Kerl nach, dessen Augen tränten und der mit seiner komischen Maschine einen so tollen Krach machte. Schon nahm Raoul vor den Wegbiegungen zur Seine hinunter das Gas zurück, da sah er den Wagen vor sich, der wegen der zahlreichen Kurven vorsichtig fuhr.

»Den schnapp' ich mir!«

Und er stieß wie der Adler auf seine Beute hinab. Er wollte das Auto notfalls gewagt überholen und sich querstellen. Aber sie hatten ihn wohl bemerkt, denn der Wagen beschleunigte. Ein Arm an der Tür, eine kleine Rauchfahne. Raoul hörte den Knall nicht, erriet aber die pfeifende Kugel. Er duckte sich über den Lenker, fuhr langsamer und in Schlangenlinien.

Der Typ leerte sein Magazin auf gut Glück, dann verschwand der Arm, und die Limousine wurde noch schneller. Raoul ahnte, was passieren würde. Er bremste mit Todesverachtung, rutschte von einer Straßenseite zur anderen, während der schwere Wagen die Böschung hinabstürzte, einen Baum abrasierte, das Gleichgewicht verlor und in den Fluß kippte.

Das Wasser spritzte bis zu Raoul. Er riß sich bereits die Jacke vom Leib. Ein enormer weißer Strudel breitete sich unten aus. Mitten darin ein Kopf – und noch einer, kleiner. Raoul tauchte und schwamm mit kräftigen Stößen auf Valérie zu, die dem Ertrinken nahe war. Er packte sie, als sie gerade unterging. Der andere Verunglückte gewann das Ufer, ohne sich um sein Opfer zu kümmern.

»Wir sehen uns wieder!« schrie Raoul.

Er schluckte viel Wasser und mußte niesen. Die Strömung trug ihn zu einem kleinen Strand. Er ließ es geschehen, stützte Valérie, die nicht bewußtlos war. Zum Glück war das unfreiwillige Bad bei dieser Junihitze nicht unangenehm. Er fand mühelos festen Boden unter den Füßen und erreichte über einen steilen Pfad die Straße, ganz in der Nähe des Seitenwagens. Valérie hatte den Arm um den Hals dieses eigenartigen Herrn gelegt, den sie als kleinen, schüchternen Angestellten kannte, und der sie jetzt fürsorglich in den Korbbeiwagen des alten Motorrads hob, von dem Achille immer so verächtlich sprach.

»Wir trocknen dich ab, Süße. Und bringen dich heim.«

Sie erkannte auch seine Stimme nicht wieder, aber sie fühlte sich wohl. Sie kuschelte sich an ihn, müde trotz der Kälte, und war eingeschlummert, als Raoul in einem Bauernhof anhielt und dort erklärte, er hätte einen kleinen Unfall gehabt. Valérie hörte nicht, was die Bäuerin mitleidig sagte, wie sie eine warme Decke holte und Feuer machte. Die heiße Milch trank sie mit geschlossenen Augen.

Erst auf dem Heimweg erwachte sie. Ihr Retter rollte so langsam wie ein Sonntagsfahrer dahin.

»Na, geht's wieder, Kleines?« fragte Raoul.

Sie lächelte wortlos, streckte ihm aber eine Hand hin, und er drückte sie freundschaftlich.

»Haben sie dir die Zunge abgeschnitten?«

»Aber nein.«

»Wie viele Männer waren bei dir?«

»Drei.«

Teufel! Die Truppen des Barons würden dezimiert aus dem Abenteuer hervorgehen!

»Was haben sie dir gesagt?«

»Daß sie mich zu Großvater bringen.«

»Und der Brief aus der Bibel?«

»Den haben sie mir weggenommen.«

»Hast du ihn gelesen?«

»Nein, aber Großvater las ihn manchmal abends und weinte dann.«

»Was ist das für ein Brief? War er alt?«

»Ja, er sah zerknittert aus. Das Couvert war gelblich.«

»Ach, er stak in einem Couvert? Mit Namen, Adresse?«

»Ja, an den Herrn Grafen von Eunerville.«

»An den Herrn Grafen ...« Raoul fuhr noch langsamer. Diesmal war er dicht dran. »Woher kam er? Versuche, dich zu erinnern. Die Briefmarke?«

»Ach, die war alt, mit dem Kopf einer Dame ... Opa sagte, das sei die Königin Viktoria.«

Verdammt! Die Königin Viktoria! Also ein Brief aus England an den Grafen von Eunerville. In der Dunkelheit, die Raoul tastend durchquerte, tauchte ein leuchtender Punkt auf wie der ferne Ausgang eines Tunnels.

»Opa wird ihn mir geben, wenn ich groß bin«, fuhr Valérie fort. »Es ist ein Talisman, ich darf mich dann nie von ihm trennen.«

»Wir holen ihn uns wieder«, brummte Raoul. »Und ich bringe dir auch deinen Großvater zurück.«

»Vielleicht wird er mir böse sein«, meinte Valérie. »Ich darf nicht ausgehen ohne Erlaubnis.«

»Na, das dreh' ich schon.« Ein Blick auf die Uhr. »Übrigens, wir werden im Schloß sein, bevor Monsieur Ferranges zurückkommt. Also ...«

Das Mädchen schwieg beruhigt. Raoul dachte nach. Das neue Unternehmen des Barons bewies, daß er doch nicht alle Trümpfe in der Hand hielt. Wahrscheinlich hatte er mit dem Manuskript des Grafen von Eunerville nichts anfangen können. Das Geheimnis darin war wohl in einem Code versteckt, den der Baron nicht entziffern konnte, genausowenig wie die Schlüsselworte: Jakob ... Johannes ... D'Artagnan ... Blieb noch der Brief aus England!

»Wir liegen Kopf an Kopf«, sagte sich Raoul. »Er hat den Brief, ich habe den Ahnen. Der aber kennt das Schreiben auswendig und wird's mir herbeten, sonst tauge ich nur noch zum Parkwächter. Los, Junge! Das Leben ist schön!«

VI. Das gehört Saint-Jean

Raoul war ohne Mühe wieder zum Bibliothekssekretär geworden, tat seine Arbeit zur Zufriedenheit des Schloßherren. Sowie Hubert Ferranges in die Fabrik fuhr, stieß Lucile zu dem vermeintlichen Journalisten. Sie half ihm, so gut es ging. Auf der oberen Galerie buchstabierte er Titel und Autorennamen, und sie trug sie sorgfältig in eine große Liste ein. Manchmal lehnte er sich über die Balustrade, bewunderte das graziös vorgebeugte Mädchen und ging leicht verschämt wieder an seine Arbeit. Er verlor sein Ziel nicht aus dem Auge, denn er spürte den Feind, der um Eunerville schlich.

Zwei Tage waren seit Valéries Entführung vergangen, und nichts Ärgerliches war geschehen. Abends machte Raoul mit der Bulldogge ein paar Runden, denn das Tier hatte Freundschaft mit ihm geschlossen. Dabei kontrollierte er Schlösser und Riegel. Er hätte zu Bruno gehen sollen, den alten Bernardin auspressen. Aber er sagte sich, daß es besser war, den Greis zahm werden zu lassen; der würde schließlich schon einsehen, daß es günstiger war, wenn er redete. Und dann geschah etwas, was Raoul erschütterte. In den Bibliotheken wühlend, entdeckte er einen großen, gelben Umschlag, wollte ihn öffnen, als Lucile errötend herbeieilte.

»Nein, bitte nicht! Nicht hineinsehen.«

»Na gut«, meinte er verärgert. »Ich bin nicht indiskret.«

»Erraten Sie es, Sie kriegen doch auch sonst alles heraus.«

»Keine Ahnung. Wohl Zeitungsausschnitte?«

»Genau. Ich hab' sie aus alten Ausgaben geschnitten. Aber was tut's? Ich will Ihnen nichts verbergen. Öffnen Sie!«

Raoul gehorchte und fuhr heftig zusammen. Er erkannte die Artikel wieder, sie waren ihm gewidmet. Alle Briefe, die er an *Frankreichs Echo,* den *Figaro,* den *Gaulois* geschickt hatte, um seine Opfer zu verspotten, seine Absichten zu verkünden oder seinen Ruf zu verteidigen ... Bewegt, mit geschlossenen Augen, zitierte er einen. Lucile ging auf das Spiel ein, schloß ihrerseits die Augen und zitierte einen anderen. Sie gaben sich gegenseitig Stichworte und Daten und lachten wie Kinder.

»Sie bewundern ihn also auch?« fragte Lucile.

»Na, und wie!«

»Ich«, fuhr sie bezaubernd-verwirrt fort, »ich habe für ihn – ich habe für ihn . . .«

»Sprechen Sie«, flüsterte Raoul, der bleich geworden war.

»Er ist so verführerisch, ganz seltsam. Mein Onkel bekommt alle Pariser Zeitungen, auch mein Vater. So habe ich denn . . . Träume kann man doch nicht verbieten, oder?«

»Gewiß nicht.«

»Ich stellte mir vor . . . Ach, das ist lächerlich . . . Ich stellte mir vor, er würde vielleicht eines Tages kommen. Hier gibt es so viel zu stehlen. Aber er ist nie gekommen.«

»Hören Sie«, rief er aus. »Arsène Lupin ist ganz anders. Ich weiß es, ich habe ihn getroffen.«

»Sie haben ihn getroffen!« Ihre Augen blitzten vor Neugier und Erregung. Raoul mußte sich beherrschen, um sie nicht in die Arme zu nehmen. Er trat ein Stück von ihr weg.

»Ja, einige Male. In meinem Beruf trifft man ziemlich jeden.«

»Wie ist er?«

»Och, im Grunde hat er nichts Besonderes an sich.«

»O doch«, sagte Lucile und verschränkte die Arme. »Für mich, die ich hier eine Art Gefangene bin, ist dieser Mann, der so viele Abenteuer erlebt hat – ich kann Ihnen das nicht erklären . . . Wenn er plötzlich vor mir erscheinen würde, würde ich wohl in Ohnmacht fallen oder irgend etwas Verrücktes anstellen.«

Die Rückkehr des Schloßherrn unterbrach das Gespräch. Man ging zu Tisch. Aber Raoul war zerstreut. Ein Seitenblick auf Lucile, sie schien noch ganz durcheinander. Ferranges redete und redete – wovon bloß? Ach ja, von der Jagd.

»Früher«, sagte er, »war der Park viel geräumiger. Das war ein Wald, der tatsächlich noch über Pont-Audemer hinausging. Die Grafen Eunerville verfügten über eine noch heute berühmte Hundemeute. Am Louis-XIII.-Flügel haben wir eine weite Terrasse, von der aus die Damen das Halali verfolgten. Genau wie in Chambord.«

»Bemerkenswert«, meinte Raoul höflich, aber sein Geist streunte hundert Meilen weiter.

»Also, ich warne Sie: Die Treppe zur Terrasse war ganz

wurmstichig und brach schließlich zusammen. Wir müssen eine provisorische Leiter benutzen. Aber Sie brauchen keine turnerische Glanzleistung zu vollbringen. Ich bin schwerer als Sie und klettere doch mühelos hinauf, meistens wegen des außergewöhnlichen Panoramas. Ich versichere Ihnen, Sie werden staunen.«

Sie gelangten ans Ende des langen Flurs, auf den die jetzt unbewohnten Zimmer des zweiten Stockwerks mündeten, und der Schloßherr öffnete eine Tür. Sie befanden sich in einem rund gebauten Dachboden.

»Der Westturm«, verkündete Hubert Ferranges. »Und hier steht die Leiter.«

»Teufel«, sagte Catarat erschreckt. »Die ist aber hoch!«

»Ich zeige Ihnen den Weg.« Der Schloßherr sagte es, packte die Sprossen und begann zu klettern.

Der kleine Bibliothekar spielte seine Rolle glänzend und zeigte sich so ängstlich, daß sich Ferranges königlich amüsierte.

»Sicher, sie gibt ein bißchen nach, aber ich versichere Ihnen . . .«

Ferranges erreichte die oberste Sprosse. Man hörte ein Knacken, und Raoul konnte gerade noch zur Seite springen. Da schlug der Schloßherr schon zu seinen Füssen auf. Raoul beugte sich über ihn. Ferranges war bewußtlos. Er blutete aus einer Verletzung am Ohr, und sein linkes Bein war merkwürdig geknickt. Raoul stieg geschmeidig die Leiter hoch. Die beiden obersten Sprossen hatten nachgegeben. Rasch stellte er fest, daß man sie angesägt hatte, hart am Rand der Längsbalken. Die Sägeritzen waren deutlich zu sehen. Besorgt stieg Raoul hinunter. Kein Unfall, sondern geschickte Sabotage. Wieder zeigte sich, daß der heimtückische Gegner schneller angriff. Und wiederum gab es in diesem erbarmungslosen Listenreichtum etwas, das so gar nicht dem Baron ähnlich sah, etwas Geschicktes und doch Brutales. Wer also? . . . Was war das für ein ungreifbares, unsichtbares, grausames Wesen? Was für ein monströses Bündnis hatte es mit Baron Galceran geschlossen?

Raoul zögerte. Sollte er den armen Schloßherrn sich selbst überlassen und Alarm schlagen? Bei näherem Überlegen war er schnell überzeugt, daß man die Falle seit langem gestellt hatte, und zwar durch jemanden, der geduldig an sicherem Ort abwartete, so wie er es bei der Falltür der Strandhütte getan hatte. Raoul konnte also den Schloßherrn einige Minuten gefahrlos allein lassen.

Er setzte eine Entsetzensmiene auf, holte Achille und Apolline zu Hilfe, und während die Bediensteten ihren immer noch bewußtlosen Herrn auf sein Zimmer trugen, benachrichtigte er Lucile, beruhigte sie, so gut es ging. Dann schickte er Achille nach dem Arzt ins Dorf.

Raoul war es zu verdanken, daß innerhalb weniger Augenblicke wieder Ruhe einkehrte. Der unglückliche Ferranges wurde behutsam entkleidet, er ruhte sich aus, kam wieder zu Bewußtsein. Lucile setzte sich zu ihm ans Bett, Apolline trocknete ihre Tränen. Der unscheinbare Sekretär zeigte sich überall, tröstete jedermann, bewies diskret einen erstaunlichen Unternehmungsgeist, so sehr, daß ihm der Schloßherr die Hand drückte, als Raoul ihm Beinschienen bastelte.

»Danke, danke ... Ich stehe tief in Ihrer Schuld. Das vergesse ich Ihnen nicht.«

»Pst! Bewegen Sie sich nicht.«

»Wie ist das passiert?«

»Ganz einfach. Unter Ihrem Gewicht brachen zwei Sprossen ... Ah, da kommt der Arzt.«

Er entfernte sich mit Lucile, und sie warteten im Flur die Visite ab.

»Glauben Sie an einen Unfall?« fragte das junge Mädchen.

»Leider nicht. Zwei Leitersprossen waren angesägt.«

»Mein Gott! Wann wird dieser Alptraum enden?«

»Bald, das verspreche ich Ihnen.«

Die Tür ging auf, und der Arzt rief sie. Er sagte es rundheraus: »Ich nehme Monsieur Ferranges mit. Sein Zustand beunruhigt mich. Sein gebrochenes Bein flicken wir mühelos, aber sein Herz ist nicht sehr gut. Der Schock war bestimmt sehr heftig. In seinem Alter sollte man nicht mehr auf jugendlich machen. Achille hilft mir. Wir bringen ihn in die Klinik nach Honfleur, für ein paar Tage zur Beobachtung. Ich glaube, er kommt durch. Aber Vorsicht ist geboten.«

Der Bibliothekar verabschiedete sich von Ferranges, wünschte ihm freundlich rasche Genesung und zog sich zurück, so wie es sich geziemte. Aber er ging nicht in die Bibliothek, sondern wieder in den Westturm. In Sekundenschnelle hatte er die Leiter umgedreht, das defekte Teil befand sich nun unten. Er packte die intakten Sprossen über sich, reckte sich kurz hoch, und mit der Geschmeidigkeit des gymnastisch Durchtrainierten kletterte er auf die Terrasse.

Der Schloßherr hatte die Wahrheit gesprochen: ein herrlicher

Ausblick. Nur kam Raoul nicht als Tourist. Nach einem schnellen Rundblick über das vom Sommer vergoldete Land, über Park und Friedhof und den alten geschleiften Turm, von wo aus er zum erstenmal das Schloß von Eunerville betrachtet hatte, nach aufmerksamer Prüfung des Schloßhofes, wo Achille mit Hilfe Luciles und seiner Frau den Verletzten im Auto unterbrachte und ihn sorgsam mit Kissen zudeckte, nahm Raoul die Terrasse selbst in Augenschein. Er hatte noch den Satz der kleinen Valérie im Ohr: »Er läuft auf dem Dach auf allen vieren.« Auf welchem Dach? Hier brauchte man nicht auf allen vieren zu laufen, man konnte lässig spazierengehen. Und ein Stück weiter war es unmöglich, sich zu bewegen, denn das Schieferdach fiel steil ab. Also was bedeutete die Bemerkung der Kleinen?

Raoul stützte die Ellenbogen auf das schmale Geländer am Rand der Terrasse und blickte nachdenklich dem Krankenwagen nach. Gewiß, die Bilanz war schnell gezogen: Jacques Ferranges und seine Frau ermordet, Hubert Ferranges im Krankenhaus und vielleicht seinerseits in großer Todesgefahr, Lucile, einem ›Unfall‹ entronnen, aber immer noch unter einer fürchterlichen Bedrohung lebend. Also blieb der dritte Ferranges-Bruder: Alphonse. Der Onkel, von dem Lucile nebenbei gesprochen hatte und der im Begriff war, Erbe von Eunerville zu werden. Seltsam . . . War da nicht eine Spur? Welche Beziehung gab es zwischen diesen Attentaten und dem dramatischen Tod der beiden vorangegangenen Schloßherren? Was hatte das mit Jakob, Johannes und d'Artagnan zu tun? Und das Blut? Handelte es sich um das Blut all dieser Opfer?

In diesem Augenblick, als Raoul noch einmal alle Dächer prüfte, um sich zu überzeugen, daß nur ein Vogel dort oben entlanglaufen konnte, erfaßte er eine Kleinigkeit, die ihn sofort gefangennahm: Eine der zahlreichen Wetterfahnen drehte sich nicht. Während alle nach Nordosten zeigten – ob Lilienbanner, Phantasiegebilde oder simple Metallpfeile –, wies eine hartnäckig gen Süden: sie stellte in grober Form eine menschliche Silhouette dar, einen Bewaffneten mit gezücktem Degen . . .

Auf einmal begriff Raoul: Das war kein gewöhnlicher Soldat, das war ein Musketier! »Hör mal, du bist auf dem Holzweg, Bruder Lupin. Wenn das so weitergeht, siehst du den Musketier noch in jeder Wolke!« Und dennoch . . . Das Ding war verrostet, angenagt von Wetter und Rauch, es befand sich wohl schon lange dort oben. Aber der Umhang mit den steifen Falten, der sich dem Wind wie ein Segel darbot, der auf den Horizont gerichtete

Degen, die Stiefel ... Ja, es handelte sich um einen Musketier. Und Raoul schäumte, weil ein ironisches Schicksal diese Hinweise auf ihn herabregnen ließ wie die Brotkrümel des kleinen Däumlings. Das brachte ihn überhaupt nicht weiter. *D'Artagnan erobert Ruhm und Reichtum mit der Spitze seines Degens.* Na schön, da war d'Artagnan, aber worauf zeigte die Degenspitze? Auf die Landschaft, den Himmel, die Leere ... Und dann gab es auch noch einen d'Artagnan in der Galerie. Raoul hatte die Nase voll! Wozu sich den Kopf zerbrechen? Der Augenblick würde schon kommen, in dem sich die Teile des Puzzlespiels zusammenfügten. Diesen ungewöhnlichen Mann zeichnete es aus, daß er sich niemals an einem Hindernis festrannte. Er erkannte besser als ein anderer den Augenblick, in dem man in die Mauer der widersprüchlichen Erscheinungen deduzierend eine Bresche schlagen konnte. War die Straße verstopft, änderte er sofort die Richtung und suchte anderswo einen Weg. Im Augenblick führte er über Alphonse Ferranges.

Raoul stieg unbehindert hinab und suchte Lucile. Er fand sie in der Bibliothek. Als sie ihn sah, wischte sie schnell Tränen weg.

»Das ist aber nicht nett«, sagte er, »kaum habe ich Ihnen den Rücken gedreht, wird geschluchzt! Als wäre ich unfähig, Sie zu beschützen!«

»Ich hab' solche Angst, daß sie auch Ihnen weh tun.«

»Sie sorgen sich also um mich, liebe Lucile? Wenn ich Ihnen mein Leben erzählte, würden Sie feststellen, daß ich ganz andere Gefahren unversehrt überstanden habe.«

Er war sehr bewegt; mit keuscher Geste legte er den Arm um die Schultern des jungen Mädchens.

»Keine Angst, Lucile. Ich gleiche den Salamandern. Das Feuer ist mein Element.«

Sie lächelte unter Tränen. »Sie ähneln ihm«, sagte sie und zeigte auf den Umschlag mit Zeitungsausschnitten.

»Oh, das wäre schön«, scherzte Raoul. »Aber ich reichte ihm nicht bis zum Knöchel. Immerhin weiß ich, was er an meiner Stelle jetzt täte.«

»Was denn?«

»Er würde Sie endlos verhören. Zum Beispiel sehr ausführlich über Ihren Onkel Alphonse.«

Der Ton scherzhaft, die Stimme jung, ein wenig spöttisch und etwas zärtlich, eine wunderbar sanfte Macht dahinter. Lucile vergaß ihre Ängste, antwortete fröhlich.

»Ich würde sagen: Fragen Sie nur, Herr Lupin. Vor Ihnen kann ich nichts verbergen.«

»Na, dann fangen wir an! Zunächst einmal: Warum sieht man diesen Onkel niemals? Normalerweise müßte er sich doch um Sie und seinen Bruder Sorgen machen, Sie besuchen oder Sie einladen.«

»Mein Vormund mag ihn nicht besonders. Ich muß auch zugeben, daß er zu niemandem freundlich ist. Außerdem lebt er allein und wie ein Wilder.«

Ein Seufzer. »Dennoch verstanden sich meine Eltern gut mit ihm, vor allem mein Vater.«

»Wo wohnt er?«

»Nicht weit von hier, oberhalb von Saint-Adresse. Wir sind bei ihm vorbeigekommen, als wir von der Bucht am Kieselstein heraufkletterten. Ein Stück hinter der Klippe steht oben das Anwesen, ein Bauernhof, den mein Vater für ein Butterbrot kaufte und den er gemütlich eingerichtet hat . . . Als meine Eltern nach Eunerville übersiedelten, überließ mein Vater das Gehöft seinem Bruder Alphonse, behielt aber den ›Kieselstein‹.«

»Und was tut dieser Herr?«

»Ich fürchte, nicht viel. Er hat sich in den Kopf gesetzt, zu schreiben. In seiner Jugend publizierte er auch ein paar Gedichtsammlungen in der Art von Hérédia, den er sehr bewunderte. Dann nahm er einen großen romanesken Zyklus in Angriff, aber nach und nach verlor er den Mut.«

»Eine verkrachte Existenz also. Indessen sah er, wie seine beiden Brüder vorankamen. Hat das Anwesen einen Namen?«

»Ja, es heißt Saint-Jean.«

Raoul, der diese Frage mechanisch gestellt hatte, fuhr zusammen. »Saint-Jean!« Der heilige Johannes . . .

»Was überrascht Sie so daran?«

»Nichts, gar nichts.«

Aber schon jagte der Zwang zum Handeln neues Blut durch seine Adern. »Hat er es so genannt?«

»Nein, so hieß es bereits, als mein Vater es kaufte.«

Raoul sprach leiser. »Wo ist ihr Hund?«

»In meinem Zimmer, er schläft.«

»Von jetzt an möchte ich, daß er Sie überall hin begleitet.«

Er legte einen Finger auf die Lippen und rannte in langen Sätzen zur Galerietür, die er brutal aufriß. Niemand. Das Geräusch pflanzte sich fort wie im Gewölbe einer Kathedrale. Er kehrte zurück und versuchte, sorglos auszusehen.

»Entschuldigen Sie. Mir war so, als hätte ich etwas gehört. Sicher ist das lächerlich. Apolline hat wohl mehr zu tun, als an der Tür zu lauschen.«

»Oh, für die stehe ich ein. Auch für ihren Mann. Sie sind uns ganz ergeben. Übrigens ist Achille noch nicht zurückgekommen.«

Raoul dachte weder an Achille noch an Apolline, sondern an den anderen, der die Leitersprossen angesägt und vorher den Wagen mit dem jungen Mädchen sabotiert hatte, er dachte an den heimtückischen Fallensteller am Meer ... Befand er sich noch in der Galerie? Denn da war jemand gewesen, ganz sicher. Der Baron? Raoul sah auf die Uhr.

»Sie gehen jetzt in Ihr Zimmer zurück, und wenn Sie nach Achilles Heimkehr ausgehen, begleitet Sie Pollux. Verstehen Sie? Ich muß einige Dinge überprüfen und ziemlich lange draußen bleiben. Ich möchte mir keine Sorgen machen. Übrigens brauche ich einen Schlüssel. Ich will nicht mitten in der Nacht am Tor schellen.«

»Das ist leicht zu regeln. Ich gebe Ihnen meinen, den ich nie brauche. Kommen Sie. Er liegt in meinem Sekretär.«

Sie verließen die Bibliothek.

»Vor allem«, sagte Raoul, »verbiete ich Ihnen, Angst zu haben, wenn ich nicht da bin.«

»Ich habe keine.« Sie reichte ihm unschuldig die Hände, und er spürte, daß er die Beherrschung verlor.

»Los, schnell«, murmelte er. »Geben Sie mir den Schlüssel, dann haue ich ab. Ich nehme das Motorrad, erzählen Sie Achille irgend etwas.«

Er wartete an einem Fenster, das auf den Schloßhof hinausging. Je mehr er überlegte, desto klarer wurde ihm, daß Onkel Alphonse einen Part in diesem düsteren Drama spielte. Bloß wie? Er konnte sich ja nicht zeigen, ohne daß man ihn sofort erkannte. Der Typ aber, den Raoul bereits das Monstrum nannte, schien im Schatten der Ferranges zu leben, und als unsichtbares Wesen im Schloß herumzulaufen. Es gab da ein erschreckendes Geheimnis.

»Hier ist der Schlüssel«, sagte Lucile. »Seien Sie auf der Hut!« Arglos und vertrauensvoll stand sie vor ihm, mit dem Gesicht einer Frau und den Augen eines Kindes. »Ich werde sehr an Sie denken«, fügte sie spontan hinzu.

Und er hätte fast aufgeschrien: »Sei bloß still, siehst du nicht, daß du mich quälst? Ich halt' das nicht mehr aus!«

Den Schlüssel ergriffen und weg. Erst auf dem Motorrad ging die Wut vorbei. Eigentlich kochte er nicht vor Zorn, sondern vor Kummer. Kurz dachte er an einen Umweg, um den alten Bernardin auszuquetschen und ihm so oder so das Geheimnis von Eunerville zu entreißen. Er verzichtete darauf, weil ihm die Zeit zu kostbar erschien. Im Vorort von Le Havre hatte er eine Panne und mußte eine Garage aufsuchen. Als das Motorrad wieder funktionierte, wurde es schon dunkel.

Raoul fuhr Richtung Sainte-Adresse; ohne sich um die Bodenwellen zu kümmern, gelangte er an den Weg, der von der Klippe herab zum ›Kieselstein‹ führte. Das Gehöft Saint-Jean mußte sich auf der rechten Seite befinden. Er ließ die Maschine hinter einem Gebüsch und sah sich kurz um. Eine Mauer umgab das Gehöft, alt, fast zugedeckt mit einem Fell aus Kletterpflanzen; selbst ein Kind wäre mühelos da hinaufgekraxelt. Raoul überquerte das Hindernis und erkannte das Haus. Lucile hatte von einem ehemaligen Bauernhof gesprochen. Er erwartete also ein altes Gebäude und war sehr erstaunt, eine eher moderne Behausung vorzufinden. Über der Tür eine wundervolle Glyzinie.

Geschlossene Fensterläden. Kein Licht, weder im Erdgeschoß noch oben. Und dennoch eine Art schwacher Schein um das Dach. Raoul umschlich geräuschlos das Haus und begriff sofort, daß das fahle Leuchten von einer Glasscheibe herrührte. Luciles Vater hatte ein Atelierfenster anbringen lassen. Bei schlechtem Wetter hatte er hier gemalt und nicht im ›Kieselstein‹. Nun befand sich sein Bruder im Zimmer, las oder schrieb.

Ein Vorratsbau lehnte sich gegen die Mauer. Kein Problem, auf sein Dach zu klettern. Raoul tat's wie ein Schatten, und mit Hilfe des kräftig wuchernden Efeus schwang er sich ganz hinauf. Jetzt glitt er bäuchlings bis zum Glasdach. Sachte streckte er den Kopf vor – erstarrte.

Den Mann unter ihm erkannte er sofort: Es war der Diener des Barons, der ihn mit der Pistole bedroht hatte. Der Typ hatte die Hände in den Hosentaschen, rauchte eine Zigarette und sah zu dem Teil des Ateliers hinüber, das noch nicht in Raouls Blickfeld lag. Er mußte weiter vorkriechen; aber unglücklicherweise erhob sich ein glänzender Sommermond über ihm, warf deutliche Schatten. So riskierte Raoul, seine Silhouette auf den Fußboden des Ateliers zu projizieren. Auf den Ellenbogen robbte er noch ein paar Zentimeter weiter. Mit jedem Stückchen sah er klarer: an den Wänden viele Bücher, auf einem kleinen Tisch eine aufgeschlagene Zeitschrift. Aber wo war Alphonse Ferranges?

Es dauerte nicht lange, da sah er ihn: Raouls Kiefer krampfte sich zusammen. Denn der Unglückliche, den sie auf den Stuhl gefesselt hatten, war wohl Alphonse. Und der Mensch, der ihm einen Revolver an die Schläfe drückte, war Baron Galceran. Alles fing wieder von vorn an! Diesmal lag Raoul nicht flach an der Böschung, sondern auf dem Dach eines Hauses. Man verbrannte dem Opfer nicht die Füße, sondern tat ihm noch Schlimmeres an, indem man die Sekunden zählte. Raoul sah, wie der Baron die Finger bewegte. Seine Worte waren zu verstehen, selbst wenn man sie nicht hörte: »Eins ... Zwei ... Drei ... Sprich! Schnell! Das Geheimnis, oder es knallt.«

Ferranges schüttelte den rothaarigen Kopf mit den enormen Augenbrauen, die denen Huberts glichen. Fünf ... Sechs ... Sieben ... Der andere würde schießen. Ein stummer Schrei stieg aus Raouls Kehle empor: »Halt! Ihr bringt ihn mir nicht unter meinen Augen um!« Er robbte ein bißchen weiter.

Eine Katastrophe: Das Glas, auf das er sich stützte, brach. Er hatte noch Zeit, sich zur Seite zu werfen und bis zum festen Teil des Daches zurückzurutschen. Unten zersprang das Glas in tausend Scherben auf dem Atelierparkett. Bloß weg! Er mußte flüchten, damit die Banditen von ihrer Beute abließen. Draußen würde er mit ihnen abrechnen. Zwei gegen einen, welch ungleicher Kampf! Der Baron und sein Komplice hatten von vornherein verloren. »Es sei denn«, dachte Raoul, »sie schicken mir eine blaue Bohne. Mit Tölpeln dieser Größenordnung muß man auf alles gefaßt sein!«

Er sprang schon auf das Vordach, fluchend, daß er unbewaffnet losgegangen war. Der enorme Revolver, den der Schloßherr in seinem Nachttisch aufbewahrte, hätte ihm sehr genützt. Als er den Boden berührte, hörte er den Schrei: »Hier! Hier entlang.« Er rannte gebückt zur Mauer.

Ein Schuß. »Stümper«, brummte Raoul. Ein neuer Anlauf, ein Sprung über die Mauer, aber diesmal hörte er die Kugel in kaum einem Meter Entfernung einschlagen. Das Land lag verlassen da, ganz flach, der Vollmond beleuchtete es so hell, daß Raoul seinen Schatten sah wie am hellichten Tag. Er wandte sich zur Klippe, von neuen Detonationen verfolgt. Beim Laufen überlegte er. »Keine Sorge, daß die mich kriegen. Aber wenn ich den Langstreckenläufer spiele, müssen sie ja versuchen, mich abzuknallen. Also ...« Er drehte ab zum Meer. Die Typen, ihrer Sache nun gänzlich sicher, schossen nicht mehr. Leicht fand er den Weg zum ›Großen Kieselstein‹. Über ihm stolperten die Verfolger auf dem holprigen Pfad. Steine rollten hinunter. Raoul erreichte den Strand und ging ohne Hast zum Haus.

»Ergib dich«, brüllte der Baron. »Du bist erledigt.«

Auf der Schwelle, schon in der Tür, drehte sich Raoul um und hob die Hände. Sie kamen zu zweit, schwer atmend, richteten immer noch ihre Waffen auf ihn.

»Schon gut«, sagte Raoul. »Ihr habt gewonnen.«

Als ob er sie zur Plauderei einlüde, ging er rücklings ins Haus, wohin ihm die anderen folgten. Durch die Zwischenräume in den Fensterläden fiel Mondlicht, aber trotzdem machte der Diener seine elektrische Lampe an.

»Ausgezeichnet«, sagte der Baron. »Hier wird uns niemand stören. Lieber Freund, wir haben uns wirklich viel zu erzählen. Aber nehmen Sie doch Platz.«

»Nicht doch. Nach Ihnen.«

»Hast du verstanden, Lupin? Nimm diesen Stuhl!«

»Oh, wenn Sie mich auf diese höfliche Art bitten, die Ihnen so gut steht, dann natürlich.«

Raoul setzte sich, schlug lässig die Beine übereinander. Der Baron nahm den anderen Stuhl.«

»Ich stelle hier die Fragen«, stellte er brutal fest.

»Nein.«

»Was, nein?«

»Solange Ihr Scherge nicht seine Artillerie eingesteckt hat, spreche ich nicht.«

Der Baron gab nach. Auf sein Zeichen ließ der Diener den Revolver verschwinden.

»Übrigens«, meinte Raoul, »Ihre Affenfratze feiert heute nicht mit? Sie haben den Kerl wohl zu Hause gelassen – oder vielleicht auf dem Grund der Seine?«

Am Zusammenzucken des Barons erkannte er, daß dieser Treffer gesessen hatte. Er gähnte höflich in die Hand.

»Haben Sie keinen Durst? So ein Lauf nach dem Essen trocknet mir die Kehle aus.«

»Gleich vergeht dir die Lust am Trinken«, sagte der Baron hämisch.

»Möglich. Aber im Augenblick wäre mir ein Glas Champagner willkommen. Ein paar Flaschen stehen in der Küche. Vielleicht schmeckt er ein bißchen abgestanden, aber in der Not ...« Er wandte sich an den Diener.

»Zieh deine weißen Handschuhe an und hol eine Flasche. Ich würde gern mit euch anstoßen.«

»Da es sich um deinen letzten Willen handelt«, entschied der Baron lachend, »sollst du deinen Champagner haben.«

Der Diener zog den Vorhang auf, der die Küche abteilte. »Steht er hier?«

»Ja«, sagte Raoul, »gleich links. Ich war schon einmal da.« Und um den Baron neugierig zu machen, fügte er nachlässig hinzu: »Ich wollte den alten Bernardin mitbringen, aber stellen Sie sich vor . . .«

»Ach ja«, begann der Baron.

Ein plötzliches Krachen schnitt ihm das Wort ab. Den Diener hatte gerade die Falltür verschluckt. Der Baron sprang auf.

»Sag mal, was treibst du da eigentlich?«

Er schob den Vorhang zur Seite und schaute versteinert in das leere Zimmer. Raoul ließ ihm keine Zeit, sich von seinem Erstaunen zu erholen. Er stieß ihn mit den Fäusten vorwärts, bis der Baron auf der Falltür stand. Er verschwand mit lautem Gebrüll.

Raoul wischte sich die Finger mit dem Taschentuch ab. »Junge, das schlaucht! Jetzt habe ich mir wirklich einen Schluck verdient.«

Er umging das Verließ, hob im Vorübergehen die heruntergefallene Lampe des Dieners auf, betrat die Küche und lachte laut trotz seiner nervösen Spannung. Das war schon unbezahlbar! Er hatte richtig gelegen, ohne es zu wissen. Sechs Champagnerflaschen lagen auf dem Fußboden. »Ah, Baron, das ist ein Ding! Auf Ihr Wohl, meine Herren, das Köstlichste, was ich je getrunken habe.«

Aber bald hörte er auf mit den Witzeleien. Diese Flaschen . . . Er dachte an das Geburtstagsmahl, das Jacques Ferranges einst mit so viel Liebe vorbereitet hatte, und er fand, der Champagner mußte nach Blut schmecken. Er schlich vom Vorhang zurück und lauschte. Es rumpelte ganz schön da unten. Da bückte er sich und schrie: »Gebt euch keine Mühe, Freunde. Niemand befreit euch, höchstens ich. Hören Sie mich, Baron? Nur einer stellt hier die Fragen, und das bin ich. Also antworten Sie lieber. Was haben Sie Alphonse Ferranges so liebenswürdig gefragt? Nein? . . . Oh, ich brauche Sie gar nicht. Ich gehe weg und befreie den lieben Mann. Der wird mir mit Vergnügen Bescheid sagen . . . Dennoch nein? . . . Gut, reden wir lieber von dem Brief aus England, mit der Briefmarke von Königin Viktoria. Wenn Sie ihn rausrücken, mache ich die Falle auf.«

Zwei dumpfe Detonationen erschütterten den Boden, zwei Löcher klafften plötzlich im Holz der Falltür.

»Auch gut«, sagte Raoul. »Ich sehe, daß unsere Beziehungen immer noch gespannt sind. Schade. Aber ich sage euch gleich, falls ihr es noch nicht wißt, ihr befindet euch nicht allein im Keller. Ihr habt Gesellschaft: zwei Skelette. Wenn ihr vorsichtig herumtastet, findet ihr sie todsicher. Bloß diese Toten, Baron, sollten Sie nicht aufwecken.«

Tiefe Stille dort unten.

»Darf ich die Vorstellung übernehmen?« fing Raoul wieder an. »Jacques Ferranges und Frau ... Baron Galceron und Co. Tote auf der Warteliste.«

Irgendwo hallte ein Entsetzensschrei, dann hörte man die erregte Stimme des Barons.

»Ich war's nicht. Ich nicht! Machen Sie auf ... Machen Sie auf.«

»Wer war's dann?« fragte Raoul.

»Keine Ahnung, ich schwöre es.«

»Wirklich keine blasse Ahnung?«

Die Frage blieb ohne Antwort. Raoul drang nicht weiter in den Baron, nachts würde der schon vernünftig werden. Er ging hinaus und schloß sorgfältig die Tür. Die Kiesel leuchteten im Mondschein, und Raoul spürte seine Müdigkeit. Aber er durfte sich nicht ausruhen, sich nicht hinsetzen, um den Sternenhimmel zu betrachten. »Der Alte bei Victoire«, dachte er. »Der Baron im Keller. Alphonse gefesselt im Sessel. So viele Gefangene! Ich muß wohl bald ein Zuchthaus aufmachen.« Langsam stieg er den Pfad wieder hoch, blieb ab und zu stehen, um Luft zu schnappen. Dabei setzte er seine Betrachtungen fort. Sicher log der Baron nicht, wenn er erklärte, der Mörder der Ferranges nicht zu kennen. Sein Sturz bewies, daß er von der Falle nichts wußte. Sicher hatte er auch mit dem Attentat gegen Lucile nichts zu tun, auch nichts mit dem gegen ihren Vormund. Ein anderer handelte im Schatten, bereitete minuziös seine Verbrechen vor und führte sie erbarmungslos aus, blieb dabei so undurchsichtig wie die Nacht.

Raoul schüttelte es. Er haßte es, sich blind zu schlagen. Fast stand er jetzt schon oben auf der Klippe. Noch ein kleines Stück, und Alphonse Ferranges würde sprechen. Er mußte etwas wissen, sonst hätte ihn der Baron sich nicht vorgenommen.

Niemand in Sicht. Keiner hatte die Schüsse gehört. Nur das Lied der Grillen stieg aus friedlichen Wiesen auf. Diesmal brauchte Raoul nicht die Mauer und das Vordach zu überklettern. Alle

Türen standen offen, so schnell waren die Banditen hinausgerannt. Raoul durchlief schnell den bildergeschmückten Vorraum. Hinten begann eine kurze Wendeltreppe. Er sprang im Nu die Stufen hoch, gelangte ins Atelier.

Alphonse Ferranges war noch da, saß in seine Fesseln zusammengesunken. Mit einer Kugel im Kopf.

VII. Das Gemetzel

Das Ungeheuer hatte zugeschlagen. Vielleicht befand es sich noch im Haus, denn der Körper von Alphonse Ferranges war noch warm. Raoul wich von der Leiche zurück, zertrat trotz aller Vorsicht geräuschvoll Glas. Er stellte sich in einen toten Winkel. Hier blieb er von außen wie von der Treppe her unsichtbar. Schnell! Er mußte sofort einen Gegenschlag führen, die Initiative wieder an sich reißen, sonst passierten neue Verbrechen. Aber Raoul konnte den Blick nicht von dem Gefesselten wenden. Er war zu niedergeschlagen. Allein auf den Kampf mit dem Baron bedacht, hatte er nicht damit gerechnet, daß der andere sich im selben Moment ebenfalls auf dem Schlachtfeld befand. Und als er sich Herr der Lage wähnte, war er in Wirklichkeit rettungslos geschlagen, lächerlich gemacht, beherrscht von einem schärferen, schneller zupackenden Verstand, von einer blutdürstigen Kreatur, die jede Gelegenheit zu töten ausnützte.

Raoul zögerte; plötzlich wußte er nicht, was zu tun war. Die Überraschung verschlug ihm den Atem. Er spürte die Wut, darüber, daß er nur ein Schatten seiner selbst war. Unbeweglich, die Hände in den Hosentaschen, versuchte er, die Lage zu analysieren. Er hatte Alphonse Ferranges zu unrecht verdächtigt. Mit ihm büßte schon wieder ein Unschuldiger. Aber was sollte dieses Massaker? Offensichtlich kannten die Ferranges – vielleicht ohne sich dessen bewußt zu sein – ein Geheimnis. Deswegen hatte sich der Baron des Eunerville-Manuskripts bemächtigt. Als er darin nichts fand, entführte er den Greis. Dann hatte er sich durch List den englischen Brief besorgt. Aber dem hatte er wohl auch nicht viel entnommen, warum hätte er sich sonst entschlossen, Alphonse anzugreifen? Vielleicht wegen des Gehöftes Saint-Jean? Das alles schien ziemlich klar. Ganz anders verhielt es sich bei der schrecklichen Tätigkeit des Monstrums. Das blieb unklar, zusammenhanglos, voller Löcher und Widersprüche. Die

Anschläge im ›Großen Kieselstein‹, gegen Lucile und ihren Vormund – da wurden doch seit Wochen Fallen gestellt. Wozu diese heimtückische Bedachtsamkeit? Und welches Ziel verfolgte der Verbrecher? Wollte auch er das Geheimnis entdecken? Kannte er das Manuskript, den Brief und die Schlüsselworte, welche Bernardin im Schmerz preisgegeben hatte? War er auf dem Weg zur Wahrheit schon weiter als der Baron?

»Ich müßte es begreifen«, wiederholte sich Raoul. »Mehr noch! Ich müßte es schon begriffen haben. Vielleicht fehlt mir nur ein Detail ... Ich habe die mir zur Verfügung stehenden Einzelheiten nicht genügend studiert.« Er vergaß die blutige Szene vor seinen Augen und ging im Geist rasch die Worte des alten Bernardin und die von Maître Frenaiseau durch. Was hatte der Notar gesagt? »Warum entschloß sich König Louis-Philippe auf der Flucht, plötzlich ins Schloß Eunerville zurückzukehren und sich damit einer tödlichen Gefahr auszusetzen?« Auch dieser Satz enthielt Hinweise. Der König hatte einen zwingenden Grund, umzukehren. Evariste Vauterel war dafür Zeuge, in seiner Eigenschaft als treuer Verwalter; Evariste, Bernardins Vater. Die Grafenfamilie von Eunerville war ausgestorben, die der Vauterel gab es noch. Aus diesem Grunde war der Greis entführt worden. Die Handlungsweise des Barons schien logisch – aber warum machte sich dann der andere über die Ferranges her? Wieder tiefes Dunkel.

Ein langer Seufzer von Raoul. Die Leiche überprüfen? Wozu? Wenn der Unglückselige etwas Wichtiges bei sich führte, dann hatte der Gegner sich dessen bereits bemächtigt. Aber Raoul verfügte über zwei Trümpfe, und die mußte er jetzt auf den Tisch werfen. Zunächst der Baron: Wenn der ein bißchen in seinem Loch geschmort hatte und von dem Mord an Alphonse Ferranges erfuhr, würde er sich verständiger zeigen. Irgendwie würde Raoul dann den englischen Brief von ihm bekommen. Dann war nur noch der Alte auszuquetschen . . .

Raoul stieg die kurze Treppe hinunter. Er atmete tief durch und fühlte wieder, daß das Leben ihn hochhob wie das Meer ein Schiff. Bevor er das Haus verließ, warf er aus Gewohnheit einen Blick auf die mit *Jacques Ferranges* signierten Gemälde.

»Hoffnungslos«, murmelte er. »Arme Lucile, dein Vater war nur ein Kleckser.« Beim Hinausgehen hielt er inne und sah sich in der Küche um, schnappte sich ein rundes Brot und eine Terrine mit Bauernleberwurst. »Man braucht Köder, damit sie auspacken.«

Er lächelte, weil im Vorraum ein hoher Spiegel stand, in dem er sich erkannte; er nickte sich ermutigend zu. Kein Augenblick für Scherze, aber er hatte es verstanden, seine Empfindsamkeit vor dem Tod zu zähmen. Wieder ging er den Weg zum ›Großen Kieselstein‹ hinab, riß automatisch ein Stückchen Brot vom Laib und verzehrte es, während er hastig vorwärtsstrebte.

Schnell kletterte er dann den engen Pfad hinunter zum Haus. Nur das Meer störte die Stille mit seinem fernen Rauschen. Raoul trat ein.

»Guten Abend, Jungs! Ich bringe euch was zu beißen, einen kleinen Imbiß. He, so antwortet doch! Seid ihr sauer?«

Er suchte seine elektrische Lampe, hielt dabei die Fressalien fest; schließlich knipste er Licht an, zog den Vorhang auf, fluchte. Die Falltür stand halb offen, und das Ende der Leiter lugte aus dem Loch. Abgehauen! Ausgeflogen! Aber befreit von wem? Vom anderen? Er hatte also draußen gelauert und war ins Haus gestürzt, sobald Raoul es verlassen hatte. Brot und Terrine auf den Tisch gestellt, dann in das Innere des Kellers hinabgeleuchtet. tet.

Ein Schluckauf des Entsetzens durchschüttelte Raoul. Da waren sie alle beide, förmlich an die Leiter geklebt, den Kopf noch dem vermeintlichen Befreier entgegengehoben. Blutüberströmt, die Augen erstarrt in namenlosem Entsetzen. Man hatte sie aus nächster Nähe erschossen.

Raoul hatte keine Kraft, sich aufzuraffen. Es stimmte also, daß der Baron und seine Männer keine Komplicen des Ungeheuers gewesen waren. Der Baron hatte sein eigenes Spiel gespielt und verloren. Der andere hatte erst Alphonse Ferranges getötet und dann sein Mordwerk in dem Verlies fortgesetzt. Er hatte bloß herunterzuklettern und sich den englischen Brief in der Tasche des Toten zu schnappen brauchen. Was nun?

Nach dem Ausscheiden des Barons standen sich nur noch zwei gegenüber: Raoul und ein nicht auszumachender Schatten, der bald langsam und mit heimtückischer Geschicklichkeit, bald wild und mit der Schnelligkeit einer Kobra zustieß. Ein fürchterlicher Gedanke schoß Raoul durch den Kopf. Bernardin! Wenn der andere immer alles voraussah, als könne er die Gedanken des Gegners lesen, kannte er dann auch bereits das Versteck des Alten? Vielleicht wurde in diesem Moment... Nein, das wäre zu entsetzlich. Wie sehr haderte er jetzt mit sich selbst, wegen der beiden untätigen Tage im Schloß; ach, hätte er doch von Lucile gelassen...

Raoul richtete sich gewaltsam auf, die Fäuste geballt, und stürzte aus dem Haus. Erst in der Niederlage zeigte sich der Mann, den nichts aufhalten konnte. Er rannte die Klippe hinauf zum Motorrad, gab Vollgas, und das Fahrzeug schnellte vorwärts. Nein, es durfte noch nicht zu spät sein! Der andere verfügte schließlich nicht über magische Kräfte. Aber vielleicht benutzte er ein Auto? Dann handelte es sich um ein Wettrennen, und dabei war Raoul sich seines Sieges sicher. Die Maschine wurde voll ausgefahren, schüttelte Raoul fürchterlich durch. Zum Glück beschien der Mond die Straße, denn das Krad mit Seitenwagen verfügte über kein Licht. Raoul lenkte mit zusammengebissenen Zähnen, der Fahrtwind trocknete ihm den Schweiß auf der Stirn. Als er in der Ferne Victoires weißes Häuschen erkannte, war ihm niemand begegnet, niemand hatte ihn überholt. Er war also ganz allein und sicher, als erster anzukommen.

Er bremste heftig, daß er abrutschte und sich querstellte. Unwichtig. Er schwankte ein bißchen, als er zum Gitter lief. Idiotisch, sich so aufzuregen. Hätte ihn früher die Panik so leicht übermannt? Als er das Tor aufstieß, schwor er sich, niemals mehr unachtsam zu sein. Er klopfte dreimal an die Tür. Victoire hatte einen leichten Schlaf, gleich würde sie ans Fenster im ersten Stock kommen und ihm den Schlüssel herunterwerfen.

»Ich bin's, Victoire«, rief er leise.

Plötzlich saß ihm die Angst an der Kehle.

»Victoire!«

Das war ein Schrei. Er stand schon bereit, die Tür einzutreten, rüttelte wütend an der Klinke. Die gab nach, und die Tür ging auf; man hatte nicht einmal zugeschlossen.

Er knipste seine Lampe an und rannte rasch die Treppe hoch. Victoire lag geknebelt, gefesselt und mit verbundenen Augen auf ihrem Bett. Raoul nahm sich nicht einmal die Zeit, sie zu befreien. Er eilte ins Nebenzimmer: Bruno hatten sie ebenfalls sauber gefesselt. Ein Taschentuch stopfte ihm den Mund.

»Verfluchter Mist!«

Raoul verpaßte eine Stufe, wäre fast die Treppe hinuntergestürzt, hielt sich am Geländer fest und landete auf einem Knie. Er erhob sich hinkend und keuchte in Bernardins Zimmer. Der Riegel lag vor. Er stieß die Tür mit dem Fuß auf: der Alte war verschwunden.

Niedergeschlagen ließ sich Raoul aufs Bett fallen und barg den Kopf zwischen den Händen. Diesmal hatte sich der andere das Geheimnis beschafft. Er hatte den Brief und Bernardin in der Hand. Was war das bloß für ein Geheimnis, das so viele Opfer forderte? Raoul litt, mußte sich zu Victoire flüchten. Er schnitt ihre Fesseln durch, nahm ihr den Knebel ab, drückte die Stirn an ihre Schulter.

»Victoire! Meine gute Victoire . . .«

Er verharrte lange bewegungslos, als wollte er aus dieser Berührung neue Kräfte schöpfen. Sie schwieg, dachte nicht einmal daran zu klagen, legte einen Arm um den Hals des Jungen, den sie ernährt und der ihr Leben mit Tumult und Dramen gefüllt hatte. Endlich hob er den Kopf.

»Erklär' mir . . .«

»Ich war in der Küche. Da hörte ich einen Schritt hinter mir. Ich dachte, das sei Bruno, und drehte mich nicht um. Jemand warf mir etwas über den Kopf, so daß ich nichts mehr sah . . . In meinem Alter ist man schon wacklig. Ich hatte solche Angst, verlor sofort die Besinnung. Dann fand ich mich hier wieder, zusammengeschnürt wie ein Paket.«

»Wann war das?«

»Na, kurz vor dem Mittagessen. Ich machte gerade ein Omelett, weil Bruno das mag. Er holte Schnittlauch aus dem Garten . . . Aber was ist mit ihm passiert?«

»Er liegt nebenan. Wahrscheinlich wird ihm schon die Zeit lang . . . Warte hier auf mich, meine gute Victoire, ich bringe ihn dir her.«

Raoul ging, schnitt die Stricke des unglücklichen Bruno durch, gab ihm die Sprache wieder.

»Ah! Sie sind's, Chef. Der Alte – was ist mit ihm geschehen?«

»Entführt!«

»Meine Schuld. Ich hätte besser aufpassen müssen. Aber alles war so ruhig. Und dann wußte ich, daß Sie sich in der Gegend aufhielten . . . Im Garten bekam ich einen Schlag auf den Schädel . . .«

»Bernardin hat nichts erzählt?«

»Der ist störrischer als ein Maulesel. Weder ›Guten Tag‹ noch ›Guten Abend‹ kriegt man von dem zu hören.«

»Jetzt wird er reden. Der Kerl, der ihn entführt hat, muß da ziemlich sicher sein, denn er hat ihn nicht umgebracht wie . . .«

Raoul hielt inne. Es war nicht nötig, Bruno alles zu erzählen. Der war schon genug durcheinander.

»Chef, ich bin ganz verzweifelt. Ich könnte mich – ich könnte mich . . .«

»Nicht doch, mein Kleiner. Ist ja nicht deine Schuld, daß wir es mit einem wahren Dämon zu tun haben. Ihr hattet sogar Glück, er hätte euch auch töten können. Ich frag' mich bloß, warum er's nicht getan hat.«

Er griff nach Brunos Arm.

»Das erschreckt mich. Er hat eine Logik, die ich nicht begreife. Die Schwäche der Leute, die ich außer Gefecht setzte, bestand darin, daß sie genauso ihre Schlußfolgerungen zogen wie ich, nur war ich schneller. Aber er – er hängt mich ab.«

»Und Victoire?«

»Beruhige dich, sie hat nichts. Mehr Angst als Schmerzen. Sieh sie dir an.«

Sie fanden sich alle drei in Victoires Zimmer wieder. Die alte Frau war schon wieder auf den Beinen.

»Ruh' dich jetzt aus«, sagte sie zu Raoul. »Hast du denn niemals genug? Reicht dir dein Geld immer noch nicht?«

»Ich laufe nicht dem Geld nach«, sagte Raoul düster. »Auch nicht dem Ruhm. Ich will gar nichts, verteidige mich nur. Victoire, ich verspreche dir, daß ich dich in Ruhe lasse. Und du, Bruno, fährst zurück nach Paris. Wenn ich dich brauche, hörst du von mir.«

Bruno rieb sich nachdenklich den Kopf.

»Wenn ich daran denke, daß ich nicht einmal seine Schritte hörte . . .«

VIII. Johannes folgt auf Jakob

Eine Stunde später stellte Raoul sein Motorrad in der Garage ab und ging ins Schloß, aber nicht in sein Zimmer, sondern direkt in das von Hubert Ferranges. Der Revolver lag an seinem Platz in der Schublade des Nachttisches. Er überprüfte die Trommel, steckte die Waffe ein. Dann machte er einen Rundgang.

Der alte Bernardin befand sich also seit zwölf Stunden in den Händen seines Entführers. Raoul wagte nicht, sich vorzustellen, was der Ärmste erdulden mußte. Sicher würde er ihn nie wiedersehen. Der andere ließ ihn zweifellos verschwinden, wenn er die fehlenden Informationen erhalten hatte. Man konnte fast wetten, daß er schon jetzt über sie verfügte. Das Geheimnis von Eunerville bezog sich auf etwas im Schloß. Zwischen diesen Mauern mußte der letzte Akt des Schauspiels stattfinden, etwas Fürchterliches geschehen. Aber was?

Raoul war erschöpft. Trotzdem ging er noch in die Galerie und verharrte einen Moment vor den Gemälden des Jakob und des heiligen Johannes. Aber was bei der Entdeckung der Bilder blitzartig seinen Geist erhellt hatte, war erloschen. Um ganz sicherzugehen, tastete er noch einmal die Wände mit der flachen Hand ab. Dann zog er sich in die Bibliothek zurück, rauchte eine Zigarette im Sessel des Schloßherrn, wiederholte langsam, so konzentriert wie möglich: »Johannes folgt auf Jakob... D'Artagnan erobert Ruhm und Reichtum mit der Spitze seines Degens...« Dann war da Blut, Bernardin hatte von Blut gesprochen...

Nein, das größte Genie der Welt hätte in diesen Worten keinen Zusammenhang gefunden. Raoul nickte ein, schlief schlecht, die Glieder taten ihm weh. Von Zeit zu Zeit öffnete er die Augen, aber sein Kopf sank sofort wieder herunter.

Lucile schüttelte ihn.

»He, was ist los? Oh, Lucile.«

Im Augenblick wieder voll da, stand er auf, schämte sich, so hilflos mit niedergeschlagener Miene dagelegen zu haben.

»Wie spät ist es?«

»Acht Uhr.«

»Sie haben recht getan, mich aufzuwecken. Ich wollte mich nur einen Moment ausruhen und bin eingenickt. Ich kam spät nach Hause, hatte viel zu tun.«

»Aber davon wollen Sie mir nichts erzählen?«

»Oh, ich kann noch nichts sagen. Ich taste herum, spiele ein Puzzlespiel... Wenn Sie erlauben, mache ich mich schnell etwas frisch, wir treffen uns dann im Eßsaal.«

Rasch verließ er das junge Mädchen und steckte wenige Minuten später den Kopf ins Wasser. Eine Dusche wäre noch schöner gewesen, aber in dieser Hinsicht ließ das Schloß zu wünschen übrig. Sorgfältig bürstete er seinen Sekretärsanzug ab, legte einen Eckenkragen an und eine steife Krawatte, die ihm ein gelehrtes Aussehen gab. In dem Maße, in dem der kleine Catarat wiedererstand, erwachte Raouls Spieltrieb von neuem. Gewiß vergaß er nicht, daß die Gefahr von Minute zu Minute größer wurde, aber er weigerte sich, ihr mit Leichenbittermiene gegenüberzutreten. Aus Trotz nahm er eine Nelke von dem Strauß, der den Kamin seines Zimmers schmückte, und steckte sie sich ins Knopfloch.

Er ging hinunter in den Eßsaal. Apolline servierte das Frühstück, war außer sich.

»Diese Göre wird unmöglich, seit ihr Großvater fort ist.«

»Was hat sie denn angestellt?« fragte Raoul.

»Sie klaut. Gestern hat sie wieder eine Dose Biskuits stibitzt. Dabei halten wir sie wirklich nicht kurz mit dem Essen. Das sind vielleicht Manieren ... Aber ich werde ihr schon Bescheid stoßen.«

»Aber, aber«, meinte Lucile, »lassen Sie sie doch naschen. Die arme Kleine ist unglücklich. Man muß nachsichtig mit ihr sein, nicht wahr, Monsieur Catarat?«

»Drücken Sie ein Auge zu, Madame Apolline. Wenn sich das allerdings wiederholen sollte, müßte man etwas unternehmen.«

Als Apolline hinausgegangen war, seufzte das Mädchen.

»Alles läuft schief, Monsieur Dumont. Ein Glück, daß Sie da sind. Sonst wüßte ich nicht, was aus mir würde. Die Suche nach Bernardin ist ergebnislos geblieben. Jedermann glaubt nun, daß ihm ein Unglück zugestoßen ist. Meinen Sie, daß es einen Zusammenhang gibt zwischen seinem Verschwinden und dem, was hier passiert ist?«

»Ich weiß gar nichts«, log Raoul. »Sicher bin ich nur, daß wir uns der Lösung des Rätsels nähern. Wir müssen auf der Hut sein.«

Er streichelte den Kopf von Pollux, der neben Lucile lag.

»Behalten Sie ihn bei sich. Ich gehe in die Bibliothek. Nichts entspannt den Geist so sehr wie eine mühselige Arbeit.«

»In diesem Fall werde ich Ihnen helfen.« Sie gingen in die Bibliothek und begannen wieder, die Bücher einzuordnen. Zwischen zwei Titeln, die sie mit ihrer wunderschönen Handschrift eintrug, plapperte sie: »Wie haben Sie es geschafft, daß Ihre Zeitung Ihnen freigegeben hat? Ich dachte immer, ein Journalist steht seiner Redaktion vierundzwanzig Stunden zur Verfügung.«

»Wie ich das angestellt habe? Ah ...« Raoul hatte gerade an Jakob und Johannes gedacht, improvisierte schnell eine Antwort: »Ich arbeite nach Zeilenhonorar und kein unabhängiger Journalist.«

»Wenn *er* etwas schreibt, bezahlt man ihn dann auch?«

»Wer?«

»Arsène Lupin.«

»Na, das ist doch – Sie denken nur noch an diesen Arsène Lupin. Ich bin eifersüchtig, wissen Sie das?«

Sie errötete und beugte sich über die Liste, sah aber schnell wieder hoch.

»Warum wenden Sie sich nicht an ihn? Ich habe gelesen, daß er gern Geheimnisse enträtselt. Und wenn das hier kein Geheimnis ist . . .«

Raoul sah sie vor sich, so blond, zerbrechlich, bezaubernd. Er nickte. »Vielleicht schreibe ich ihm tatsächlich.«

Die Stunden verrannen. Raoul merkte auf einmal, daß er den armen Hubert Ferranges ganz vergessen hatte.

»Entschuldigen Sie, Lucile. Ihr Vormund . . . Ich habe noch gar nicht gefragt, wie's ihm geht?«

»Der Arzt hat uns beruhigt: ein einfacher Bruch. Nach dem Essen muß ich in die Klinik.«

»Ich begleite Sie.«

Achille fuhr die beiden. Die Genesung des Verletzten verlief zufriedenstellend. Ein riesiger Gipsverband verunstaltete sein Bein. Er war glücklich, seine Nichte zu sehen, und noch glücklicher, daß die Katalogarbeit voranging.

»Du mußt deinen Onkel Alphonse benachrichtigen«, sagte er zu Lucile. »Höflichkeitshalber. Zwar kümmert er sich nicht um uns, aber er würde sich doch ärgern, wenn wir ihm nichts von meinem Unfall mitteilten.«

Raoul erinnerte sich, daß der Unglückselige im Gehöft Saint-Jean allein gelebt hatte. Gewiß würde man das Verbrechen erst in ein paar Tagen entdecken. Das gab ihm eine Frist und die befürchteten Ereignisse würden wahrscheinlich lange vorher eintreten. Man plauderte liebenswürdig und nahm am späten Nachmittag Abschied, beiderseits sehr befriedigt.

»Sie werden jetzt ohne mich arbeiten«, sagte Lucile, als das Auto durch das Schloßtor fuhr. »Ich muß einen Strauß Blumen pflücken . . . Aber keine Sorgen, Pollux begleitet mich in den Garten.«

»Einen Strauß . . . für wen?«

»Für Mama. Morgen wäre ihr Namenstag gewesen, sie hieß Jeanne.«

»Ach, sie hieß Jeanne«, meinte er höflich und zerstreut. Aber plötzlich packte er das Handgelenk des jungen Mädchens. »Was, Ihre Mama hieß Jeanne – Johanna? Morgen ist Johannistag?«

»Aber sicher.«

Er ließ Lucile los, rannte zum Bedientenzimmer, wo Apolline Kartoffeln schälte.

»Haben Sie einen Kalender? Welchen Tag haben wir?«

»Mir ist, als wär' heute der 24. Juni . . . Ich weiß es nicht mehr genau, bei dem Leben hier.«

Schon glitt Raouls Finger über die Monatskolonnen. 24. Juni... St. Jakobus... Er schloß die Augen, wartete, bis sein Herzschlag wieder normal wurde. 24. JUNI ST. JAKOBUS... 25. JUNI ST. JOHANNIS... Der 25. Juni folgte auf den 24., der Heilige Johannes auf Jakob. Raoul küßte Apolline, die zusammenfuhr.

»Also, hören Sie mal!«

»Aber begreifen Sie denn nicht?« schrie Raoul. »Johannes folgt auf Jakob. Und wann, wissen Sie das nicht? Man muß Ihnen auch alles erklären. Wann geht ein Tag in den nächsten über? Um Mitternacht, Menschenskind! Um Mitternacht des 24. Juni erringt d'Artagnan Ruhm und Reichtum. Na, geben Sie's zu, er war ein Bursche, der d'Artagnan.«

»Sie sind ja wahnsinnig«, stammelte die Hausgehilfin.

»Vollkommen wahnsinnig«, gab Raoul zurück. »Ein herrlicher gesunder Wahnsinn! Ich hab' so lange darauf gewartet. Ein Glück, daß es St. Jakobus gibt! Was? Was das heißt?... Verdammt, laßt mich bloß nach Luft schnappen. Kaum fängt die Geschichte an, wollt ihr schon wissen, wie sie ausgeht! D'Artagnan, was kann er bloß am 24. Juni anstellen? Genau in der Nacht der Sonnenwende?«

Er fing sich wieder und gab Apolline den Kalender zurück.

»Achten Sie nicht darauf, ich scherze. Hatte gewettet, das ist alles. Aber eine Wette, die ich wohl gewinnen werde.«

Er ging zu Lucile, half ihr, die schönsten Blumen zu pflücken. Aber er konnte seine Nervosität nur mühsam unterdrücken. Endlich das erste wirkliche Aufleuchten im Dunkel. Ein Ende des Fadens hielt er jetzt in der Hand. Der erste Bestandteil des Geheimnisses war ein Datum. Und dieser Umstand brachte es mit sich, daß die Ereignisse sich seit einigen Tagen dramatisch überstürzten. Etwas Entscheidendes kündigte sich an. Und der Feind würde sich endlich zeigen.

Beladen mit Nelken, Rosen und Päonien, kehrten sie ins Schloß zurück. Lucile geleitete ihren Kameraden in den Salon und blieb vor einem großen Foto stehen, das auf einem Tischchen stand.

»Mama«, sagte sie.

Raoul sah eine junge, im Grunde nicht ungewöhnliche Frau, der ein großer Blumenhut etwas Rührendes verlieh. Die Hand auf einen eleganten Stuhl gelegt, ein leichtes Lächeln auf den Lippen, stand sie vor einem Gemälde, welches einen Laubengang darstellte.

»War sie nicht schön?« fragte Lucile.

»Sehr.«

Aber er hatte Luciles Mutter schon vergessen. Eine Frage dröhnte in seinem Kopf: Wo würde es passieren? Auf der Terrasse? In der Galerie? Und was würde überhaupt geschehen? Der Satz ›d'Artagnan erobert Ruhm und Reichtum‹ konnte doch nur eine einzige Bedeutung haben. Es handelte sich bestimmt um einen kostbaren Gegenstand, der irgendwo versteckt war, wahrscheinlich von historischer Bedeutung, denn der König hatte in Eunerville übernachtet, war dorthin aller Gefahren spottend zurückgekehrt und schließlich nur widerwillig fortgegangen . . .

Er ließ Lucile ihren Strauß zurechtmachen, wandte sich zur Galerie und bemühte sich, alles unvoreingenommen zu betrachten. Aber weder Bilder noch Gobelins oder Waffensammlungen suggerierten ihm einen bemerkenswerten Gedanken. Johannes folgte auf Jakob. Die beiden Gemälde bedeuteten nichts, nur der Zufall hatte sie vertauscht. Dann der Musketier. Oder handelte es sich bei ihm um eine Irreführung des Suchenden? Er dachte also in eine andere Richtung. Wenn etwas genau zwischen dem 24. und dem 25. Juni passieren sollte, dann war man geneigt zu vermuten, daß sich durch Uhrmacherkunst um Mitternacht ein Versteck öffnen würde. Aber sollte man wirklich annehmen, daß jedes Jahr am gleichen Tag und zur gleichen Stunde ein Geheimnis preisgegeben wurde? Nein, da war er auf dem Holzweg. Trotzdem wurde er die Idee nicht los. Er verbiß sich hinein, durchstreifte die Galerie in allen Richtungen. In seinem abenteuerlichen Dasein hatte er so viele Rätsel gelöst, daß es ihn entnervte, an einem vielleicht sehr einfachen Mysterium zu scheitern, bloß weil ihm ein paar Einzelheiten fehlten. Wenn er sich letzte Nacht nicht so ausgegeben hätte, wenn die Müdigkeit nicht so an seinen Kräften nagen würde – der Schlaf fehlte seinem Gehirn. Es hatte keinen Sinn, es gewaltsam zu versuchen.

Raoul zog die Uhr heraus, schreckte zusammen. Abendbrotzeit. An Schlaf kein Gedanke! Im Gegenteil, jetzt hieß es hellwach bleiben, die Mitternachtsstunde mit höchster Aufmerksamkeit ansteuern, auf alles gefaßt sein.

In solchen Fällen griff Raoul zu einem sehr einfachen Mittel: Er aß kräftig, aber nicht übermäßig. Zum Glück hatte man die Tafel im Schloß sehr reich gedeckt. Als er die Glocke hörte, suchte er Lucile im Speisesaal auf. Mit einer letzten Willensleistung hatte er seine gute Laune wiedergefunden. Um die Sorgen des jungen Mädchens zu verscheuchen, entfaltete er sein ganzes Erzählertalent. Wenn es nötig war, verstand Raoul es vortrefflich, eine seltsame, komische oder pittoreske Anekdote mit wunderbaren Einzelheiten zu versehen. Er brauchte bloß aus seinem fabelhaften Gedächtnis zu schöpfen, um einer reizvollen Unterhaltung dauernd neue Impulse zu geben.

Lucile machte große Augen. Manchmal fragte sie: »Das ist Ihnen passiert?«

»Nicht mir«, sagte Raoul, »aber einem guten Freund. Noch ein bißchen von dieser ausgezeichneten Seezunge? Nehmen Sie, mir zuliebe! Gestatten Sie, daß ich Ihnen noch ein Glas von diesem köstlichen Muskateller eingieße?«

»Erzählen Sie mir noch eine Geschichte.«

»Sie halten mich wohl für Scheherazade, kleines Mädchen. Na schön, ich werde Ihnen die Hintergründe einer Affäre enthüllen, die viel Staub aufgewirbelt hat . . .«

Der Abend drang schon durch die offenen, auf den Park hinausgehenden Fenster. Apolline zündete den Lüster an, aber Lucile war immer noch in einer Zauberwelt gefangen. Das Kinn auf den gekreuzten Händen, vergaß sie das Essen, schaute den vermeintlichen Journalisten an. Er war – sie ahnte es mit Bestimmtheit – jemand anderer; denn die Abenteuer, von denen er erzählte, wirkten alle ähnlich ungewöhnlich. Und dann war stets er der Held der Geschichten, nicht ein Freund.

»Ich würde gern noch einen Kaffee trinken«, sagte Raoul zum Schluß. »Apolline, bitte einen sehr starken Kaffee.«

»Warum verschweigen Sie mir die Wahrheit?« tadelte Lucile. »Der Freund von dem Sie reden, den gibt es nicht?«

Das schien den falschen Journalisten aus der Fassung zu bringen.

»Ich versichere Ihnen, Lucile . . . Also schön, ich habe gewisse Einzelheiten ein wenig frisiert. In unserem Beruf sind wie gezwungen, etwas nachzuhelfen, weil das Publikum Sensationen mag.«

Apolline brachte ein Tablett mit Kaffee und stellte die Tassen hin. Lucile wartete, bis die Frau sich wieder entfernte. Dann fragte sie brüsk: »Wer sind Sie?«

»Ich? Aber, Lucile! Als ob Sie das nicht wüßten! Sicher, ich unterscheide mich etwas von meinen Kollegen. Der Zufall will es, daß ich in einige merkwürdige Affären hineingeschlittert bin. Aber da gibt es nichts, was Ihnen unheimlich vorkommen müßte.«

Luciles Augen glänzten zu sehr. Menschenskind, der Muskateller! Sie hätte ihn mit Wasser verdünnt trinken sollen.

»Wer sind Sie?«

Ihre Stimme klang leicht verändert, schwerer, etwas ängstlich. Raoul stand auf, beugte sich über das junge Mädchen.

»Kommen Sie, in einem Sessel sitzen Sie besser.«

Er stützte sie, führte sie ins Nebenzimmer. Pollux begleitete die beiden. Raoul half Lucile beim Hinsetzen.

»Mein Kopf dreht sich«, stammelte sie.

»Das geht vorbei.«

Lucile fiel in sich zusammen, ihre rechte Hand glitt wie leblos zur Seite.

»Na, na . . .«

Der besorgte Raoul wollte zurückgehen und die Karaffe holen, da merkte er, wie der Boden sanft schwankte. »Eine Droge«, dachte er blitzartig. »Er hat uns damit vollgepumpt. Der Muskateller . . .« Er schloß die Tür, erreichte den Eßsaal, füllte schwächlich seine Kaffeetasse.

»Apolline!«

Er glaubte, er hätte geschrien, aber es war nur eine Art Schluckauf. Er trank den Kaffee ohne Zucker auf einen Zug leer, und sein Bewußtsein erwachte wieder. An der Wand entlang tastete er sich schwankend zum Bedienenraum. Apolline, Achille und Valérie schliefen, die Köpfe auf dem Tisch. Alles lief so ab wie an jenem Abend, als der Baron den alten Bernardin entführt hatte.

»Oh, dieser Schuft«, murmelte Raoul. »Ich hätte . . . ich sollte . . . Aber ich konnte ja nicht auch noch beim Muskateller mißtrauisch sein.«

Schon verlor er den Faden seiner Gedanken. Mit unsäglicher Mühe schleppte er sich wieder in den Speisesaal. Die Uhr schlug neun.

»In drei Stunden – in drei Stunden . . .«

Er brachte die Worte nicht mehr heraus. In drei Stunden würde etwas passieren, aber was? Er streckte den Arm nach der Kaffeekanne aus, verfehlte sie. Seine Finger klammerten sich ans Tischtuch, das langsam wegrutschte. Ein Teller zerbrach auf dem Parkett. Der Lärm weckte ihn. Wenn er die Karaffe zu fassen kriegte, kaltes Wasser bekam . . . Er ging in die Knie. Seine Finger tasteten, blieben dann regungslos.

»Nicht schlafen! Bloß nicht schlafen!«

Eine mächtige Stimme in seinem Inneren schrie es, und er versuchte zu antworten: »Klar, daß ich nicht einschlafe.«

Seine Lippen bewegten sich. Er sank zusammen, spürte, daß er auf dem Rücken lag. Er fühlte sich wohl, ein behaglicher Seufzer entfuhr ihm.

»Eine Minute«, versprach er. »Nur eine Minute. Danach komme ich hoch.«

Die Augen fielen ihm zu.

IX. Die Nacht der Sonnenwende

Raoul kämpfte wie ein Gefangener, den sie eingemauert hatten. Er stöhnte. Von Zeit zu Zeit kratzten seine Fingernägel über das Parkett. Seine Beine bewegten sich plötzlich wie beim Rennen. Er redete zusammenhangloses Zeug. Irgendwo auf dem Grunde des Unterbewußtseins zitterte ein Schimmer klaren Verstandes. Mit abgehackter, unkenntlicher Stimme rief er: Lucile! Lucile! Ein Monolog wurde nach und nach deutlich. Jemand sprach, ein fernes Gemurmel: »Es wird Zeit ... Mach die Augen auf. Das ist nicht schwer ... Bestimmt schaffst du's ... Zähle! Bei drei reißt du die Augenlider hoch ... Eins ... Zwei ... Drei ...«

Und er gehorchte, um festzustellen, wer da redete. Tiefe Stille hüllte ihn ein. Etwas kitzelte ihn an der Wange. Zögernd fuhr er sich mehrmals mit der Hand ins Gesicht, streifte Stoff. Er begriff noch nicht, tastete weiter. Das ähnelte einem Tischtuch ... Und über ihm gab es also einen Tisch. Jetzt erkannte er dessen massive Füße. Also lag er? Was trieb er da auf der Erde? War er krank? Verletzt? Nein, er litt nicht. Er verspürte sogar Lust, sich zu räkeln wie ein noch dösender Schläfer nach einer langen, durchschlummerten Nacht.

Die Standuhr schlug. Mechanisch zählte er die Schläge, fand sich nicht zurecht. Waren es elf oder zwölf? Das mußte er um jeden Preis herauskriegen, denn wenn es zwölf war, Mitternacht, gab es etwas zu tun. Bloß was? Er legte die Hand auf die Augen, sie war schwer wie ein Eisenhandschuh. Angst durchströmte ihn plötzlich. Sollte er liegenbleiben, nutzlos, sich auf dem Parkett wälzen, wenn gleichzeitig ...

Er bewegte die Knie, schaffte es, sich auf den Bauch zu rollen, ein Bein hochzubekommen, sich auf einen Ellbogen zu stützen. Schweiß rann ihm jetzt über die Stirn. Als er auf allen vieren kauerte, schnappte er nach Luft. Und Valéries Bemerkung kam ihm ins Gedächtnis: »Großvater läuft auf allen vieren über das Dach.« Das Bild des über die Schieferfläche balancierenden Alten erschien ihm plötzlich unwiderstehlich komisch, und er lachte laut. Er fiel flach auf den Bauch und kicherte fast bis zum Ersticken. »Der Alte... Haha... Wie im Zirkus... Nein, ich kann nicht mehr...« Er hechelte, weinte vor Gelächter. Und gleichzeitig wurde ihm im tiefsten Innern klar, daß der Lachanfall auf die Droge zurückzuführen war, daß er sich um einen dramatischen Augenblick handelte, daß er aufstehen, laufen, handeln mußte, koste es, was es wolle. Dann war wieder Nebel in seinem Denken.

Wieder schlug die Standuhr mit dumpfem Klang, der ein Echo im Saal auslöste. Er zählte, aber die Anstrengung tat weh. Jeder Schlag hallte in seinem Schädel wider. Zwölf! Diesmal hatte er sich nicht getäuscht. Mit ungeheurem Energieaufwand riß er sich hoch, stützte sich auf den Tisch. Die Kaffeekanne stand ganz nah. Er verlor keine Zeit damit, sich daraus einzugießen. Er setzte sie an den Mund, trank gierig und spürte ein bißchen mehr Festigkeit in den Beinen. Man mußte das Fenster aufmachen, frische Luft einatmen...

Wie ein Betrunkener lief er hin, drückte die Stirn an die eiskalte Scheibe. Das tat gut. Das Fieber klang ab. Draußen schien zart der Mond, beleuchtete eine unbekannte Welt seltsamer Schatten, klarer Flächen, phantastischer Formen... Nein, das waren keine phantastischen Formen, sondern verzerrte Silhouetten von Kaminen und Wetterfahnen, die sich wie Kinderzeichnungen vom Pflaster des Schloßhofes abhoben. UND DA BEWEGTE SICH ETWAS.

Erst glaubte Raoul, daß er noch träumte. Diese gleichzeitig geometrische und dann wieder seltsam verwischte Landschaft glich der Vision eines Alptraums. Dennoch bewegte sich etwas... Ein Tier? Der Schatten wurde länger: ohne Zweifel ein Mensch. Er lief auf dem Dachgrat, folgte der Schattenlinie, die das Schwarze vom Blauen abgrenzte. Wie ein Seiltänzer bewegte er sich vorwärts. Wo befand er sich, oben auf der Terrasse? Oder unten im Hof? Er vollführte langsame, große Schritte, als zählte er dabei. Dann blieb er stehen und verharrte ein paar Sekunden regungslos.

»Großvater läuft auf dem Dach.« Raoul begriff instinktiv, daß er den alten Bernardin vor sich sah. Verrückt, unmöglich, hirnverbrannt! Wie konnte der Kerl jetzt im Schloß sein, wenn ihn gleichzeitig der andere gefangenhielt? Unten krümmte sich die Silhouette, und eine Klinge funkelte. Verdammt! Die Szene spielte sich doch im Hof ab. Da war jemand, Bernardin oder der Teufel, der daranging, am Fuß der Wetterfahne zu graben... Am Schatten der Wetterfahne, natürlich – und zwar an der, die den Musketier darstellte ... Raoul rückte weiter mit der Stirn, suchte eine kalte Stelle. Er brauchte nun alle seine Kräfte, und die Kühle der Scheibe half ihm, die Gedanken zu sammeln; er begann, sich zurechtzufinden im Irrgarten der Vermutungen und Annahmen.

Er hatte recht gehabt, es gab ein Versteck, bezeichnet von der Degenspitze des Musketiers. Sie zeigte auf die Stelle, wenn Johannes auf Jakob folgte, also in der Nacht vom 24. auf den 25. Juni, wenn der Mondschein die Dachformen in einem bestimmten komplizierten Muster auf dem Schloßhof abzeichnete. »Das stimmt nicht«, sagte sich Raoul, »bei bedecktem Himmel oder Regen...« Aber er mußte schließlich seinen Augen trauen, und was er jetzt sah, war ein Mann, der auf den Pflastersteinen herumsuchte.

Sachte öffnete Raoul das Fenster und vernahm gleich metallisches Kratzen auf Stein. Neugier und Erregung rüttelten ihn endlich ganz wach. Sein Körper zeigte sich noch widerspenstig, aber sein Denken lief auf Hochtouren, stellte Fragen. Hatte Bernardin ein Narkotikum in die Flaschen gekippt? Warum? Und wenn er sich selbst durch Kraft oder List wirklich befreit hatte, warum war er nicht sofort wieder ins Schloß zurück geflüchtet? Vielleicht hatte er sich eben da verborgen? Wo? Gab es einen Geheimgang, durch den man von allen unbemerkt hineingelangen konnte?

Schwerfällig erkletterte Raoul das Fenster. Unten hatte der Kerl Schwierigkeiten. Der Schatten von den Dächern war unmerklich zurückgewichen, je mehr der Mond am Himmel aufstieg. Bernardin stand jetzt im vollen Licht, ja, er war es. Über das Pflaster gebeugt, mit weißen Haaren, die wie Gischt um seinen Kopf glänzten. Er ergriff einen Pflasterstein, hob ihn hoch. Eine Hand in die Hüften gestützt, schaute er sich um. Raoul lehnte sich an die Wand, bewegte sich nicht. Der Alte kniete hin. Wollte er beten? Nein. Seine Hand glitt in das Loch. Was könnte da bloß verborgen sein? Eine Kassette? Die wäre dafür zu groß. Eine Tasche? Ebensowenig. Aber vielleicht ein Schlüssel?

Und dieser Schlüssel lag wohl nicht mehr da, denn Bernardin zog die Hand weg und betrachtete sie einen Augenblick so, als traute er seinen Augen nicht. Dann wühlte er von neuem wie besessen in der Höhlung herum. Endlich warf er den Oberkörper zurück, schien den Himmel zum Zeugen der Katastrophe anzurufen. Licht glitt über das Gesicht des Patriarchen, erhellte seine ausgemergelten Augenhöhlen, seinen Mund, der sich zu einem lautlosen Schrei öffnete. Wie ein gefällter Baum stürzte Bernardin neben das Loch und regte sich nicht mehr.

Raoul wäre gern losgerannt, aber er konnte nur mit dem Schritt eines Genesenden vorwärtswanken. Sein Kopf war noch nicht in Ordnung, die Beine zitterten ihm vor Erschöpfung. Seinerseits kniete er nun am Loch und machte die kleine Lampe an, die er immer bei sich führte. Er sah den schwarzen, feuchten Boden und einen Wurm, der sich krümmte. Er war verrückt gewesen, der Alte. Unter diesen Steinen hätte man nie etwas verborgen . . .

Raoul leuchtete den Greis an. Tot. Der arme Mann war einem Herzschlag erlegen, Überraschung und Verzweiflung standen noch auf seinem Gesicht. Raoul suchte die Spuren der Fesseln auf den Handgelenken, den Knöcheln des Toten. Aber keine Spur davon. Wie kam er also hierher? Und plötzlich begriff Raoul. Der andere hatte seinen Gefangenen entfliehen lassen und war ihm gefolgt, in der Gewißheit, daß ihn der Alte geradewegs zum Versteck führen würde. Der andere mußte also ganz in der Nähe sein!

Raoul krümmte sich noch mehr zusammen und versuchte, das Dunkel am Fuß des Mauerwerks zu durchschauen. Langsam wich der Schatten, der Mond strebte zum Zenit, bald würde der ganze Hof beleuchtet sein. Wo hielt sich der Feind auf? Sicher hatte er Bernardins vergebliche Suche beobachtet und heckte nun eine neue List aus, um den Gegenstand zu erobern, welchen der Alte auszugraben gehofft hatte.

Dieser Gedanke brachte Raoul neue Überlegungen. Jetzt arbeitete sein Gehirn so schnell, als ob ihm die Droge nebenbei und unerwartet neue Kräfte verliehen hätte, obgleich sie seinen Körper weiterhin behinderte. Kein Zweifel: etwas war versteckt worden, unter einem Pflasterstein an einem 24. Juni um Mitternacht, bei Vollmond. Damals hatte sich jemand die Formel ausgedacht: Johannes folgt auf Jakob, d'Artagnan erobert Ruhm und Reichtum mit der Degenspitze. Das war praktisch, um die Szene im Gedächtnis zu behalten. Bloß, von wem hatte der alte Bernardin diesen magischen Satz? Von seinem Vater natürlich! Von jenem treuen Verwalter Evariste, der wohl dabei gewesen war, als man das Versteck auswählte. Denn das Ereignis lag sicherlich weit zurück – zur Zeit des letzten Grafen von Eunerville. Damals weilte König Louis-Philippe kurz im Schloß. Wer hatte ihn nach Trouville geleitet? Evariste. Er war es doch, der sich um alles kümmerte, alles überwachte. Und wahrscheinlich stammte die Idee von ihm, einen bestimmten Gegenstand unter dem Pflaster des Schloßhofes zu verstecken. Im letzten Moment erachtete es der König für unklug, diesen Gegenstand ins Exil mitzunehmen. Er kam zurück und vertraute ihn dem Grafen von Eunerville an, dessen Zuverlässigkeit ihm bekannt war. Der Graf brachte das Ding mit Evaristes Hilfe an sicherer Stelle unter. Dabei mußte es sich um etwas sehr Kostbares handeln, wenn der König das Risiko auf sich nahm, seine Reise zu verschieben und ins Schloß zurückzukehren.

Immer noch kniete Raoul. Er hatte den Eindruck, jemand verwandele ihn in eine steinerne Statue. Aber er war zu sehr in Gedanken versunken, als daß er an Aufstehen gedacht hätte. Denn er bemerkte eine Lücke in seinen Überlegungen. Ein Loch, einen monumentalen Irrtum! Der König hatte in der Nacht des 2. März die Flucht ergriffen, aber der Graf hatte fast vier Monate gewartet, um den Gegenstand zu vergraben? Warum? Zur Not konnte man das erklären. Der Graf hatte mit einer schnellen Rückkehr von Louis-Philippe gerechnet, wollte ihm dann das bewußte Objekt wiedergeben. Die Zeit verstrich jedoch, die Hoffnung schwand, er entschied sich für ein sicheres Versteck. Aber wie konnte er einem hypothetischen Mondschein vertrauen, um einen bestimmten Pflasterstein unter tausend anderen herauszufinden? Der Graf war kein Dummkopf, er wußte sicher, daß komplizierte Berechnungen nötig waren, wenn man die genaue Position des Musketierschattens in der Nacht des 24. Juni 1848 später feststellen wollte. Und wenn ein Unwetter die Windfahne geknickt hätte? Nein. Unmöglich, ein so wertvolles Objekt so naiv zu verstecken.

»Also«, sagte sich Raoul, »ich bin der Graf von Eunerville. Ich bekomme eine Sache, an der der König wie an seinem Leben hängt, und ich lasse das Ding wie einen gewöhnlichen Dukatensack verschwinden, unter einem Pflasterstein, dessen Auffindung vom Wetter abhängt. Also, was? Ich tue nur so als ob, ganz einfach! Ich ziehe meinen treuen Verwalter ins Vertrauen. Ich baue ganz simpel eine Attrappe auf. Dann nehme ich das Objekt wieder an mich, ohne es Evariste mitzuteilen, um es außerhalb seiner Reichweite in Sicherheit zu bringen.

Dieser Trick erwies sich als wirksam. Evariste hinterließ seinem Sohn die unnütze Formel. Und der bewahrte sie brav auf. Er machte sich zum Wächter über einen Schatz, der sich nicht mehr da befand, wo ein Schurke eines Tages versuchen konnte, ihn wieder auszugraben. Der Ärmste war umsonst gestorben! Aber der Graf, der doch alles bedachte, hat wohl seinen Herrscher beruhigt und ihm die getroffenen Vorsichtsmaßnahmen mitgeteilt. Zumindest ich, Lupin, hätte das getan . . . Mensch, jetzt wird alles klar. Der König hat geantwortet . . . Der Brief, der Brief in der Bibel . . . Die Briefmarke mit der Königin Viktoria . . . Als der Graf starb, erbte Evariste den Brief und verbarg ihn wie eine Reliquie in der Bibel. Und dann gelangte die wertvolle Hinterlassenschaft in die Hände von Bernardin. Aber dieser Brief, die Antwort des Königs, was enthält er? Sicher Danksagungen, aber vielleicht auch . . .«

Fieberpochen in Raouls Schläfen. Seine Gedankenkette endete in einer Sackgasse. Nein, der Brief des Königs konnte den Schlüssel zum Rätsel nicht liefern. Das lag auf der Hand. Auch nicht die Angaben in den Memoiren des Grafen. Der Beweis dafür: Der Baron entführte Bernardin, bekam Memoiren und Brief in die Hände und scheiterte dennoch. Das Geheimnis wurde zu gut behütet. Es war also verlorengegangen!

»Es ging verloren«, sagte sich Raoul. »Aber, Achtung! Der Erbe des Königs, der bin jetzt ich!«

Wenn er nur über all seine Kräfte hätte verfügen und gründlich überlegen können, so gut, wie er das sonst verstand! Aber die Droge nagte an ihm, eine schmerzhafte Migräne preßte schon ihren Schraubstock um seinen Schädel. Trotzdem mußte er sich zusammenreißen, alles genau durchdenken . . . Der Baron – wie war er an das Geheimnis gekommen? Die Frage ließ sich vorläufig nicht lösen. Es gab da ein anderes, dringenderes Problem: Wie hatte der Greis die Wachsamkeit seines Wächters täuschen können? Raoul erinnerte sich, daß er sich das schon gefragt und auch eine Antwort darauf gefunden hatte: Der andere eröffnete seinem Gefangenen geschickt eine Fluchtmöglichkeit, er erlaubte ihm auch, sich den Brief wieder anzueignen. In diesem Fall befand sich das Schreiben in Bernardins Tasche. Ganz logisch, der Brief war da, man brauchte bloß nachzusehen . . . Da, diese knisternde Falte . . . Raoul machte die Lampe wieder an, Gewonnen. Es war tatsächlich der Brief!

Er richtete sich wieder auf, stöhnte und taumelte. Unstete Blicke rundherum. Der Schatten wich weiter zurück. Noch länger in diesem lichtüberfluteten Hof zu bleiben, war Wahnsinn. Doch seine Beine trugen ihn nicht mehr. Er atmete langsam, der Ohnmacht nahe, sammelte alle Kräfte mit einer letzten Willensanspannung, richtete das Lichtbündel seiner Lampe auf den Brief, erkannte die blaue Marke, um die Sammler sich schlugen, zog einen Bogen aus dem Umschlag, breitete ihn aus. Er sah das Datum, 1. Juli 1848, und wußte, daß er richtig lag. Er las:

Lieber Eunerville,
bei den Schicksalsschlägen, die über mich hereinbrechen, bleibt Ihre Treue ein Pfand der Hoffnung für mich. Wie sollte man den Mut verlieren, wenn man so ergebene Kampfgefährten zurückläßt? Muß ich Ihnen noch sagen, daß ich alle von Ihnen getroffenen Dispositionen billige? Sie sind umsichtig und sicher. So wacht der Narr über ein grandioses Schicksal, und gleichzeitig erheitert er die ganze Galerie. Sie sehen, ich habe Sie verstanden, und Ihr Einfallsreichtum macht mich lächeln.
Meine Dankbarkeit ist Ihnen sicher. Meine Zuneigung besitzen Sie bereits seit langem, das wissen Sie. Möge Gott Sie behüten und Eunerville unversehrt bewahren.

Louis-Philippe
P. S. Ich werde die Dienste nicht vergessen, die Ihr Verwalter meiner Sache erwiesen hat.

Raoul faltete den Brief zusammen und steckte ihn in die Tasche. *So wacht der Narr über ein grandioses Schicksal, und gleichzeitig erheitert er die ganze Galerie.* Natürlich, das war der Schlüsselsatz. Der Graf hatte seinem König die Maßnahmen erläutert, die er traf, um besagten Gegenstand sicher unterzubringen; folglich war die Anspielung des Königs präzise und klar, außerdem amüsant für den Eingeweihten. Für jeden anderen blieb sie unverständlich. Der Narr? Wo gab es einen Narren?

»Hier«, lachte Raoul. »Der Narr bin ich!«

Seine Knie gaben nach, und er brach neben der Leiche des alten Bernardin zusammen.

Er hatte das Bewußtsein noch nicht vollständig verloren, aber sein überbeanspruchtes Denken irrte in einem Meer aus Watte herum. Von Zeit zu Zeit bildete sein Geist einen verständlichen Satz. Er glaubte zu spüren, wie die Leiche des Alten sich unter ihm bewegte, und der Schreck ließ ihn aufschreien. Was war los? Wer stieß ihn zur Seite?

Der andere! Der andere! Er war da ... Er konnte über seine Beute verfügen ... Seine flinken Hände suchten ... Aber sie tasteten nicht nach der Gurgel. Sie kamen nicht, um zu töten. Sie kamen nur, um zu stehlen, um den Brief zu nehmen. Bloß die Augen aufmachen, nur eine Sekunde lang, nur den Feind erkennen ...

Noch ein Ruck, der letzte. Raoul lag auf dem Rücken, über ihm gab es einen sternenklaren Himmel, und irgendwo entfernte sich ein leiser Schritt. Die Schwäche wich langsam. Die Muskeln gehorchten schon wieder. Raoul rollte herum und erfaßte das Gesicht hart am Pflaster, eine offenbar riesige Silhouette, die sich zum Schloß hin bewegte. Das Monster ging ins Dornröschenheim, um sein Todeswerk zu vollenden!

Lucile! Da, wo Raouls Wille gescheitert war, siegte die Liebe. Er stand auf, ballte die Fäuste. Laufen kam nicht in Frage. Er würde keine zehn Schritte machen können. Gehen? Vielleicht. Aber dann war der andere längst drin. Es gab noch den Revolver, den großen Smith and Wesson des Schloßherrn. Warum hatte der andere sich den nicht geschnappt, als er den Brief entwendete? Verachtete er seinen Gegner so sehr? Der sollte staunen.

Raoul holte die Waffe heraus, hob den Arm. Sein Handgelenk zitterte zu stark. Er winkelte den linken Ellbogen vor dem Gesicht ab, stützte den Revolverlauf darauf und zielte lange auf den Schatten, der gleich im Dunkel verschwinden mußte. Die Detonation machte einen enormen Lärm und warf Raoul zwei Schritte zurück. Weiter hinten schwankte die Gestalt, fiel auf die Knie, richtete sich wieder auf, verschwand am Fuß des Mauerwerks.

Langsam ging Raoul los. Der Schuß dröhnte ihm noch im Kopf, der Boden schien weich und nachgiebig. Er war noch nicht sicher, bis zum Schloß gelangen zu können, aber zum erstenmal seit einiger Zeit durchströmte ihn Siegesfreude wie ein wohltätiges Fluidum, hielt ihn aufrecht. Er erreichte die Stelle, wo der Schatten in die Knie gebrochen war. Das Lampenlicht holte Blutstropfen aus dem Dunkel. Die Tropfen tauchten wieder auf, bezeichneten den Weg des Verwundeten. Man brauchte bloß der roten Spur zu folgen.

Raoul stieg die Freitreppe hoch, legte auf gut Glück die Riegel vor, um den Fluchtweg zu verbauen, zog den Türschlüssel ab. Ein kleiner Blutfleck mitten im Vorraum – weitere Flecken in Richtung Küche. Raoul kam an eine tiefe, gewölbte Kellertür und blieb stehen, um zu horchen. Ein heiseres Atmen im Dunkel. Wieder knipste er seine Lampe an und entdeckte ein paar blutbefleckte Stufen. An die Mauer gedrückt, stieg er hinab.

Eine Wendeltreppe. Raoul versuchte, die Füße auf den breiten Teil der Stufen zu setzen, um nicht danebenzutreten, und machte sich Vorwürfe, daß er nicht auf die Keller geachtet hatte, als er das Schloß durchsuchte. Mochte er auch noch so verletzt sein, der andere konnte ihm immer noch eine Falle stellen. In diesem Moment hielt er den Atem an und bereitete vielleicht den Gegenschlag vor ... Raoul ging noch etwas weiter. Jetzt bemerkte er den Eingang zu einem Korridor. Und plötzlich, weiter entfernt, röchelte es wieder, abgehackt, jämmerlich. Raoul tastete sich in den dunklen Gang. Den Revolver hatte er eingesteckt, denn er brauchte jetzt beide Hände, die eine zum Halten der Lampe, die andere, um sich an der Mauer festzukrallen, denn er spürte immer noch, wie seine Beine schwankten. Weiter ging die Verfolgung, der Todgeweihte wurde von einem Kranken gejagt. Der Flur endete in einem weiten Raum, dessen eine Seite von einer Reihe Fässer ausgefüllt wurde. Daran klammerte sich die keuchende Silhouette, bemühte sich noch, voranzukommen. Undeutlich erschien sie am Rande des Lichtstrahls. Sie sammelte ihre letzten Kräfte zur Flucht, und ihre atemlose Erschöpfung äußerte sich in einem fürchterlichen Geräusch, das den gewaltigen Keller erfüllte.

»Ergib dich!« schrie Raoul.

Der andere verschwand, und es entstand plötzlich Stille. Raoul verhedderte sich mit den Füßen in einem unsichtbaren Gegenstand und stolperte. Er beleuchtete den Boden und sah ein paar Knüppel, die von einem Holzhaufen heruntergerollt waren. Er ging vorsichtig bis zu den Fässern, prüfte das Terrain, bevor er sich weiterwagte, erkannte an der gegenüberliegenden Mauer Pferdegeschirre, Sättel, alte Flaschenständer. Ein langgezogenes Stöhnen am Ende der Faßreihe. Raoul, der sich das Bild des Kellers klar eingeprägt hatte, zur letzten Schlacht bereit, machte die letzten Schritte.

Der Mann lag zusammengebrochen unter einem alten Wagenrad, das man wie ein Schiffsruder in die Mauer eingelassen hatte. Er regte sich nicht mehr, aber er lebte noch. Aus seinem pfeifenden Atem schloß Raoul, daß es ihn an der Lunge erwischt hatte. Er bückte sich, packte den Verwundeten an der Schulter und drehte ihn auf den Rücken.

»Bruno!«

X. Der Schatzhüter

Die Lampe zitterte ihm in der Hand. Wie betäubt stand er einen Augenblick, der ihm ewig zu dauern schien. Das war doch unmöglich, entbehrte jeder Logik. Bruno in diesem Keller? Bruno tödlich verletzt! Aber welcher furchtbare Irrtum hatte Bruno auf Raouls Weg geführt? Raoul warf sich auf die Knie.

»Bruno – mein lieber Bruno . . . Du wirst nicht sterben. Du darfst mir das nicht antun . . .«

Die Lippen des jungen Mannes bewegten sich. Raoul neigte sich über ihn.

»Verzeihung, Chef . . .«

»Na, aber . . . Wofür denn Verzeihung? Du hast keine Schuld. Das kann nicht sein. Ich wollte doch das Schloß ausräumen. Ich hab' alles ausbaldowert. Du wußtest nicht mehr als ich, sogar viel weniger . . . Ich hatte dir befohlen, nach Paris heimzukehren, als sie den Alten entführten. Warum hast du mir nicht gehorcht? Was tust du hier? Warum hast du den Brief an dich genommen? Wer hat dir das eingeflüstert?«

Raoul schwieg abrupt. In ihm explodierte die Wahrheit wie ein bengalisches Feuer, spritzte von allen Seiten heran, erhellte die ganze Angelegenheit mit blendenden Feuerstrahlen und großen beweglichen Schatten. Bruno wollte aufstehen.

»Bleib ruhig liegen . . . Jetzt weiß ich Bescheid. Du hast deine Weisheit von Bernardin. Schweig! Junge, bin ich dumm! Klar, du hast ihn tagelang gepflegt, ihn geheilt . . . Schließlich packte er aus. Er hat dich umgedreht, dich, den alten Royalisten . . . Trotzdem hätte ich was merken müssen. Du bist umgefallen . . . Louis-Philippes Flucht, seine heimliche Rückkehr, das geheiligte Versteck . . . Das ist dir zu Kopf gestiegen! Ich hätte euch gern zugesehen, euch beiden, dem alten Monarchisten und dem jungen neuen Aristokraten . . . Er hat dir alles erzählt, oder? NIE WERDE ICH DIE DIENSTE VERGESSEN, DIE IHR VERWALTER MEINER SACHE ERWIESEN HAT . . . Die militärische Belobigung der Vauterel-Nationalen! Ihr Orden, ihr Talisman . . . Und du lauschtest, weil du wußtest, daß der Alte dir schließlich sein Geheimnis preisgeben würde! Er hat dich über den Gegenstand aufgeklärt? Antworte! Diesmal mußt du sprechen.«

Bruno schloß zustimmend die Augen. Rötlicher Schaum tropfte ihm aus dem Mundwinkel, sein Atem wurde unregelmäßig.

»Ich flehe dich an«, sagte Raoul. »Mit dir geht es zu Ende. Aber ich kann es noch schaffen. Es handelt sich um ein Geheimnis, das uns alle betrifft, oder? Das vielleicht Frankreich angeht? Also? So ein Geheimnis darf nicht verlorengehen ... Im Namen des Königs, Bruno!«

Er näherte sein Ohr den Lippen des Sterbenden.

»Was denn? ... Das Blut? ... Bruno! ... Ich beschwöre dich ... Noch ein kleiner Ruck, und ich verzeih' dir alles.«

Bruno ließ den Kopf sinken, als atmete er zum letztenmal aus, und bildete ein Wort, das Raoul mehr erriet, als daß er es verstand. Die Erregung war so stark, daß er sich hochriß und mit dem Fuß aufstampfte wie ein Mann, der einen großen Schmerz herunterschluckt.

»Der Sancy! Hast du gesagt, der Sancy? Bruno, weißt du überhaupt, was das ist, der Sancy? Der Diamant der Diamanten! Ein Traumedelstein, der Karl dem Kühnen gehörte, Jakob I. von England, Mazarin, Ludwig XIV., Ludwig XV. ... Eine Legende hat er, und was für eine! Hat man nicht gesagt, daß er allen, die ihn besaßen, Unglück brachte, daß sie alle tragischen Schicksalsschlägen ausgesetzt waren ...«

Er schwieg beeindruckt, aber seine Gedanken kreisten weiter. Ludwig XVI. – sein Tod auf dem Schafott ... Dann das mysteriöse Verschwinden des wunderbaren Steins. Und dann ... Dann erinnerte er sich nicht mehr ... Es nützte ihm nichts, den »Lebenslauf« des berühmten Steins auswendig zu kennen, sein Gedächtnis ließ ihn im Stich. Er wußte nur, daß der Sancy in den Händen eines spanischen Ministers wieder auftauchte ... Galceran oder so ... Galceran! Verdammt noch mal! Alles kam ins Lot. Der Baron? Ein Urenkel oder Großneffe des Ministers. Als letzterer starb, kaufte Karl X. den Sancy. Wieder lag er im »Trésor de la France« ... Deshalb wollte ihn Louis-Philippe an sicherer Stelle unterbringen, als er sein Land verließ. Deshalb hatte der Graf Eunerville so ungewöhnliche Vorsichtsmaßnahmen getroffen. Deshalb wachten die Vauterels so argwöhnisch über das vermeintliche Versteck. Sicher hatten die Nachkommen des spanischen Ministers den Kontakt mit den französischen Monarchen weitergepflegt, zweifellos hatte man ihnen einiges mitgeteilt, genug, um drei Generationen später Neugier und Begehren des Barons zu entfachen.

Wie klar jetzt alles wurde! Dem alten Bernardin galt der Sancy als Symbol der Monarchie. Solange der Diamant in Eunerville blieb, hatte der König eine Chance. Die Republik würde vorbeigehen, das Königreich eines Tages wieder auferstehen. Er hütete den Schatz wie der sagenhafte Drachen. Und sowie ein Usurpator sich des Schlosses bemächtigte, schlug der Alte zu. Das war die einzig mögliche Erklärung. Die beiden Vorgänger von Jacques Ferranges waren auf tragische Weise umgekommen. Jacques Ferranges selbst wurde mit seiner jungen Frau zum Tode verurteilt, er, der große Veränderungen im Schloß vornehmen wollte, ein Heiligtum schänden ... Folgerichtig mußte jeder sterben, der im Schloß lebte: Lucile, Hubert, sogar Alphonse, der mutmaßliche Erbe, mußte daran glauben.

Bruno hatte die Augen geschlossen. Raoul betrachtete ihn, ohne ihn zu sehen. Er stand wie vom Donner gerührt von dem, was er gerade entdeckt hatte, und während er den vielfach kriminellen alten Diener verfluchte, konnte er gleichzeitig nicht umhin, ihm gegenüber ein komplexes Gefühl zu empfinden, Respekt, Furcht. Von allen seinen Gegnern war jener in seinem Wahnsinn der edelste gewesen.

»Hut ab«, murmelte er. »Und Ehre dieser Treue, trotz allem!«

Brunos Ächzen riß Raoul aus seinen Gedanken. Er kniete sich hin, trocknete mit dem Taschentuch die schweißtriefende Stirn des Sterbenden.

»Nein, sprich nicht«, sagte er. »Du brauchst nichts zu erklären. Alles ist ganz einfach. Als du Bernardin befreit hast, als du diese Komödie auf die Beine gestellt hast, da glaubtest du, daß der Alte ins Schloß zurückgehen würde, einzig und allein, um den Sancy ausfindig zu machen. Und daß du ihm das Ding leicht wegschnappen könntest. Armer Junge! Er ist wohl ins Schloß gegangen, aber nur, um zunächst sein Todeswerk fortzusetzen. Er war wütend und verzweifelt. Wir hatten ihn fertiggemacht, der Baron und ich. Er setzte sich zur Wehr, begreifst du? Er kämpfte wie ein Eber, den die Meute anfällt. So hat er sich einfach im eigenen Haus versteckt, wo ihm seine Enkelin das Essen brachte. Er belauerte uns, Lucile und mich. Er hörte unser Gespräch mit, er wußte, daß ich zu Alphonse Ferranges wollte. Er kam zum Gehöft Saint-Jean, fand sein Opfer an einen Stuhl gefesselt, sozusagen opferbereit. Er tötete es aus nächster Nähe mit dem Revolver, den du ihm geliehen hattest ... Denn du hast ihm die Waffe doch gegeben, nicht wahr?«

Mit schmerzhaftem Grinsen, das ihm den Mund verzog, hörte Bruno zu. Die auf den Boden gestellte Lampe hob aus dem Halbdunkel Raouls gebeugte Silhouette und Brunos undeutliche Masse heraus. Stille und Feuchtigkeit des Kellers erinnerten schon an ein Grab. Bruno war klar, daß es mit ihm zu Ende ging. Er lauschte angestrengt dem Flüstern des Mannes, den er verraten hatte, obwohl er ihn so bewunderte. Und er fühlte, daß der Chef ihm nicht mehr böse war, weil er redete und ihn damit weiterhin ins Vertrauen zog. Diese Stimme begleitete ihn bis an die Schwelle des Todes. Das war gut so, eine Art Vergebung.

»Nach dem Mord an Alphonse Ferranges ist er unseren Spuren hinunter zum ›Großen Kieselstein‹ gefolgt. Er dankte wohl dem Himmel, weil ihm einer seiner Gegner gefangen ausgeliefert wurde. Er tötet also den Baron und dessen Diener, nimmt den wertvollen Brief Louis-Phillipes an sich. Ich gestehe, daß ich an seiner Stelle genauso gehandelt hätte. Aber dann folgt er Johannes auf Jakob, der Diamant ist nicht mehr sicher, er muß woanders versteckt werden ... Später wird Valérie eingeweiht, und eines Tages, wenn wieder ein König den Thron besteigt, gibt sie ihm dann den Sancy zurück. Eine neue Jeanne d'Arc. Armer alter Narr! Er mischt Narkotika in den Muskateller oder läßt das von der Kleinen ausführen, und um Mitternacht folgt er der Schattenlinie des Daches bis zum Pflasterstein, auf den d'Artagnans Degen weist. Diesmal gräbt er den Stein aus. Du bist natürlich auf dem laufenden, irgendwo im Hinterhalt ... Er war mit dir verabredet. Du Unglückswurm ahnst nicht einmal, daß er dich ebenso kaltblütig umgebracht hätte wie die anderen. Aber der Alte entdeckt das leere Versteck. Was geht da vor in seinem armen Schädel, der schon voll ist von Gespenstern? Er ist ein schlechter Diener, er hat es trotz aller Anstrengungen nicht verstanden, den geheiligten Gegenstand zu bewahren ... Die Erregung schmettert ihn nieder. Er fällt tot um. Was nun? Oh, Bruno, da wird's jämmerlich ... Hättest du doch bloß Vertrauen zu mir gehabt!«

Ein Zittern durchschüttelte Bruno, er öffnete den Mund, kämpfte gegen das Ersticken. Sein Blick trübte sich. Raoul nahm seine Hand.

»Ich bin bei dir, Bruno.«

Aber er begriff, daß der Sterbende noch etwas sagen wollte. Er hob Brunos Kopf an.

»Chef, die Polizei ... Er hat sie benachrichtigt ...«

Ein Blutstrom quoll über sein Kinn. Er verkrampfte sich ein letztes Mal. Sanft legte ihn Raoul auf den Boden, schloß ihm die Augen.

»Armer Junge«, seufzte er. »Das war eine Nummer zu groß für dich. Sogar mir wird es nicht leicht fallen.«

Er nahm die Lampe, sah auf die Uhr. Drei. In knapp zwei Stunden würde die Polizei eintreffen. Der alte Bernardin war immer noch nicht erledigt, er kämpfte auch nach dem Tode weiter. Er hatte seinen Gegner erkannt und angezeigt. Ganimard war wohl nicht mehr weit.

»Los, Lupin! Jetzt mußt du zeigen, daß du der Stärkere bist!«

Er durchsuchte rasch Bruno, fand den Brief, las ihn wieder, steckte ihn ein und ging nach einem letzten Blick auf den hingestreckten Körper wieder hinauf. Der Sancy verdiente wirklich seinen Ruf als unheilbringender Diamant.

Lucile schlief immer noch im Sessel. Er durchquerte den Mittelteil des Erdgeschosses, erreichte den ersten Stock und die Galerie. Vorsichtig hob er ein Gardinenstück an, verbarg sich eine Minute in der Fensteröffnung. Immer noch lag Bernardins Leiche mitten im Hof. Niemand in Sicht. Und dennoch bemerkte Raoul nicht weit entfernt verdächtige Bewegungen auf der anderen Seite des Schloßtores. Er sah sogar, daß eine elektrische Lampe rasch ausgemacht wurde. Dann kam ein Schatten über die Straße. Ganimard postierte schon seine Truppen zum letzten Ansturm, der beim ersten Sonnenstrahl zur gesetzlich gestatteten Stunde losbrechen würde. Rund um das Schloß riegelten Polizisten und Gendarmen alles hermetisch ab. Der bevorstehende Kampf belebte Raoul.

»Ihr denkt, mich kriegt ihr so einfach. Na, ihr werdet staunen. Aber erst mal der Sancy. Anderthalb Stunden habe ich noch, um ihn zu finden. Bloß, wo fange ich an?« Er ging vom Fenster weg, ließ die Gardine zurückfallen und machte den Zentrallüster an. Dann pflanzte er sich mitten in dem riesigen Zimmer auf, die Hände in die Hüften gestemmt, und vergaß sofort Bernardin, Bruno, die Polizei. Er legte alles in diesen scharfen Sperberblick, in dieses ganz konzentrierte Denken, entwickelte eine außergewöhnliche Energie. Langsam wiederholte er sich den vom König geschriebenen Satz: SO WACHT DER NARR ÜBER EIN GRANDIOSES SCHICKSAL UND ERHEITERT GLEICHZEITIG DIE GANZE GALERIE! Simple Anspielung ohne Zweifel, kein Kodewort. Aber eine präzise Anspielung. Der König hatte versteckt etwas ausgesprochen, das weder Evariste, noch Bernardin, noch der Baron zu interpretieren verstanden.

»Die Galerie? Klar. Aber was erheitert dieses eher düstere Zimmer? Die Gobelins ... Und wer spielt zu Füßen von Franz dem Ersten ... Triboulet, sein Narr!«

Raoul näherte sich dem Wandteppich, hob ihn an, betastete die staubbedeckte Wand da, wo Triboulet sich befand, wenn man den Teppich wieder hinunterließ. Alles glatt. Kein Versteck im Stein. Und trotzdem kein Zweifel: Der Narr zeigte auf die Stelle, wo der Sancy sich befand. Er wachte über ihn ... Raoul fuhr mit den Fingerspitzen über den rauhen Stoff, trat dann zurück, um die dargestellte Szene mit einem Blick zu erfassen ... Deutete Triboulets Hand in eine bestimmte Richtung? Nein. Sie streichelte den Hund am Hals, eine ganz und gar natürliche Geste, die jeden Hintergedanken ausschloß. Triboulet konnte den Hinweis also nicht liefern. Aber vielleicht befand sich ein andrer Narr in der Galerie?

Raoul sah sich die Porträts rechts und links vom Wandteppich genauer an, als er das jemals getan hatte. Diese feierlichen Köpfe, diese strengen Gewänder gehörten adligen Würdenträgern, wichtige Kirchenfürsten. Keiner ähnelte einem Narren. Das Geheimnis entschwand wieder.

Der Mondschein in den Fenstern wurde schwächer. Tageslicht mischte sich schon hinein. Ganimard ging jetzt sicher auf und ab, mit der Uhr in der Hand. »Verdammt«, schrie Raoul, »ich muß das Ding finden!«

Er stellte sich noch einmal vor den Wandteppich, hob ihn wieder hoch, schüttelte ihn, zog daran; er hoffte wider alle Hoffnung, daß etwas geschehen würde. Ein schwaches Geräusch ließ ihn zusammenfahren. Er drehte sich um, erkannte auf der Schwelle zur Galerie Luciles schmale Silhouette. Er vergaß sein Problem, stürzte auf das junge Mädchen zu.

»Lucile! Wie fühlen Sie sich?«

Sie fuhr sich mit ihren langen, feingliedrigen Händen übers Gesicht.

»Warum habe ich so tief geschlafen?« murmelte sie.

»Wir standen alle unter Drogen ... Ich erklär' Ihnen das später. Aber beruhigen Sie sich, es gibt keine Gefahr mehr.«

Er legte Lucile einen Arm um die Schultern und führte sie zur Saalmitte.

»Kommen Sie, ich suche einen Hofnarren. Und ich hab' nur ein paar Minuten, um ihn zu finden ...« Seltsame Erregung packte ihn. Er preßte die Schulter seiner Begleiterin. »Ein Hofnarr«, wiederholte er. »Sehen wir genau hin – ein Narr! Das muß erkennbar sein ... Nein! Stellen Sie keine Fragen. Bleiben Sie bei mir, das genügt ... Ah! Ich verstehe ... Sehen Sie's jetzt?«

Luciles Finger zeigte auf Triboulet.

»Aber nicht doch! Nicht Triboulet. Der andere ... Schauen Sie sich den König an; nicht sein Gesicht, die Schulter, den Arm, die Hand ... Wonach greift sie? ... Na, Lucile? Ein wenig Scharfblick! Was ergreift sie auf dem Schachbrett? Nein? Erraten Sie es nicht? Den Läufer! Läufer heißt auf französisch *fou*, genau wie Hofnarr! Übrigens ist nur einer im Spiel. Der Gegner des Königs hat seine schon eingebüßt. Diesmal liegen wir richtig!«

Er ließ Lucile los, lief hin, hob den Teppich an, stellte sich auf die Zehenspitzen und schlug mit der Faust des ausgestreckten Arms unter dem Schachbrett an die Wand. Aber die klang nicht hohl. Die ganze Freude war umsonst! Zurück zu Lucile, die regungslos verharrte.

»Und doch bin ich sicher, daß wir's gleich haben«, sagte er.

»Ich höre Lärm draußen«, hauchte Lucile.

»Unwichtig. Nur Polizei.«

»Polizei?«

»Das werd' ich Ihnen auch erklären. Na los! Der Narr wacht über ein grandioses Schicksal ...«

Er lief hin und her, stampfte manchmal mit dem Fuß. Lucile sah, wie der Mann sich langsam veränderte, den sie so lange für Richard Dumont gehalten hatte. Das von der Anstrengung förmlich gemeißelte Gesicht, der unbeirrbare Aktionsdrang, der diesen Menschen wie elektrischer Strom durchlief ... Er kam zurück zu ihr, sah sie an. Ein blasser Sonnenstrahl wurde von einer Gardinenlücke gefiltert, umgab das unbeweglich dastehende junge Mädchen auf dem schwarzweiß gekachelten Boden mit der Aura einer Schachkönigin ... Aber natürlich! Ein Schachspiel! Raoul fuhr sich mit der Hand über die Augen, wie geblendet von zu hellem Licht.

»Sie sind Arsène Lupin!« schrie Lucile fast erschreckt.

»Schweigen Sie! Ja, ich bin Arsène Lupin ... Was soll's? Sehen Sie sich die Galerie an, sie ist ein Schachbrett.«

Brüskes Klopfen vom Park her.

»Fünf Minuten brauchen sie, um das Tor aufzubrechen«, sagte er. »Ich hab' genug Zeit ... Ein Schachbrett? Nein, das sind zu viele Felder ... Wo gibt's hier noch ein Schachbrett im Saal?«

Er wirbelte herum, schnalzte mit den Fingern.

»Die Estrade natürlich! Das Podium für die Musiker ...«

Er packte Lucile am Handgelenk, zog sie zum erhöhten Teil der Galerie. Drei Stufen.

»Zählen Sie. Acht Felder auf der einen Seite, acht auf der anderen. Vierundsechzig insgesamt! Ich habe mal gelesen, daß die

Schloßherren früher mit lebenden Schachfiguren spielten ...
Jetzt stehen wir auf dem Schachbrett der Grafen von Eunerville!
Begreifen Sie? Lucile, nicht diesen Blick. Sie wirken ganz traurig. Wegen der Polizei? Meinen Sie, die werden mich verhaf-
ten?«

Heftige Schläge am Tor. Er zuckte die Achseln.

»Ein bißchen Stille, Ruhe und Sammlung hätte ich schon gebraucht. Aber Ganimard verdirbt gewöhnlich alles. Lucile – ganz
unter uns, er ist ein Rindvieh. Seinetwegen verpatze ich jetzt
meinen Knalleffekt. Was tut's! Lucile, können Sie Schach spielen?«

»Nein.«

»Schade, denn Franz I. bereitet einen schweren Zug vor. Sie
erkennen aber doch von hier aus die Position seines Läufers,
nicht wahr? Hart am rechten Rand, zwei Felder von der Grund-
linie, beinahe gegenüber der gegnerischen Königin ... Ich muß
also nur zum rechten Rand der Estrade vorgehen – so –, dann
zur gegenüberliegenden Wand, der ich mich bis auf zwei Felder
nähere ... So.«

Er stampfte mit der Ferse auf den Boden.

»Sie haben natürlich keine Ahnung, was darunter versteckt ist.
Ich werde es Ihnen sagen: ein fabelhafter Diamant, sagenhaft.
Er ist nicht ein, sondern zehn Vermögen wert. Der Schatz von
König Louis-Philippe. In Frankreichs Tresor. Und dank mei-
ner ...«

Er zog ein Taschenmesser heraus, öffnete es, bückte sich und
führte die Klinge zwischen dem weißen und dem schwarzen Feld
ein.

»Vor sechzig Jahren verkittet. Aber Amateurarbeit ... Der
Graf verstand nichts vom Maurerhandwerk.«

Das Schloßtor draußen gab nach, öffnete sich geräuschvoll,
und bald hallte der Hof von Fußtritten.

»Oh«, sagte Raoul gefaßt. »Sie kommen! Aber sie sind noch
weit ... Die Türen und die Fensterläden halten noch ein wenig!
Nun zittern Sie doch nicht, Lucile. Auf diesen Augenblick habe
ich gewartet: DER NARR WACHT ÜBER EIN GRANDIOSES
SCHICKSAL ... Halt!«

Mit seiner Klinge hatte er rund um die Fliese geschnitten, er
drückte jetzt auf das eine Ende, und die Platte wich ein paar
Zentimeter. Er hob sie schließlich hoch und entdeckte eine kleine glatte Grube. Mit der Hand holte er ein schweres, silbernes
Schmuckkästchen heraus. Lucile stand ergriffen, die Arme über

der Brust gekreuzt, und machte eine Geste wie beim Beten. Raoul erhob sich wieder.

»Der Sancy«, murmelte er.

Seine Stimme zitterte ein wenig. Er öffnete den Behälter, und sofort funkelte ihm der Traumstein entgegen. Raoul ließ ihn über die Handfläche gleiten. Er war enorm, warf tausend Feuerstrahlen.

»Der Sancy!«

In der Stille hörten sie das Kratzen eines Werkzeugs an der Eingangstür.

»Warum weinen Sie?« fragte Raoul sanft.

»Ich weine«, hauchte Lucile, »weil Sie extra gekommen sind, um diesen Diamanten zu stehlen ... Es ist wohl stärker als Sie selbst, was?«

Er lachte laut und glücklich auf.

»Ich und den Sancy stehlen! Sie haben Ideen.«

»Aber warum dann?«

»Um ihn dem rechtmäßigen Besitzer zurückzuerstatten, kleines Mädchen ... Sie sind bezaubernd!« Er preßte sie zärtlich an sich. »Lucile, glauben Sie nicht alles, was Sie über mich gelesen haben. Natürlich habe ich Jugendsünden begangen – wie jedermann. Aber der Sancy, das ist etwas anderes. Er gehört niemandem. Und niemand darf ihn anrühren ... Betrachten Sie ihn noch einmal!«

Er nahm ihn zwischen Daumen und Zeigefinger, hob ihn ins Licht. Der Diamant flammte gewaltig.

»Fünf Jahrhunderte Geschichte«, sagte er. »Soviel Trauer, Gewalt, Unglück ... Eines Tages, Lucile, erzähle ich Ihnen vom Sancy.«

Sie schmiegte sich an ihn. »Sie kommen also wieder?«

»Aber klar! Was für eine Frage! Wir müssen doch noch alle Bibliotheksbücher einordnen ... Ich hab' mich noch nicht vom kleinen Catarat verabschiedet. Aber zunächst muß ich mich in Sicherheit bringen. Hören Sie sich diese Vandalen an. Sie werden noch das Haus kaputtschlagen.«

Er steckte den Edelstein wieder in das Kästchen, das er sorgfältig verschloß und in seine Tasche gleiten ließ.

»Lucile, auf mein Wort: Morgen erhält Frankreich den Sancy zurück. Und jetzt auf Wiedersehen, Lucile ... Auf bald, ich verspreche es Ihnen. Sie sind mein privater Edelstein!«

Seine Lippen berührten die Hände des jungen Mädchens, er führte sie in die Bibliothek und setzte sie in einen Sessel.

»Tun Sie so, als ob Sie schliefen. Wenn Ganimard Sie ausfragt, wissen Sie von nichts, haben niemanden gesehen, wachen gerade aus tiefem Schlaf auf ... Schlafen Sie! Ich will es.«

Sie schloß die Augen. Als sie sie ein paar Sekunden später wieder aufschlug, war ihr Gefährte verschwunden. Schwere Schritte erschütterten die Treppe. Im Salon heulte Pollux zum Steinerweichen.

Raoul hörte den Krach, stand schon auf der Schwelle zum Keller.

»Mensch, das war fünf Minuten von zwölf! Und jetzt hinaus ... Wenn Bruno durch den Keller flüchten wollte, dann gibt es auch einen Gang. Der alte Bernardin hat ihm den gezeigt. Von daher sind die beiden wieder ins Schloß gelangt. Diesen Gang hat wohl auch Louis-Philippe benutzt.«

Er sprang die Treppen hinunter, durchlief die Kellergewölbe, blieb vor Brunos Leiche stehen. Das Rad, verdammt noch mal! Das Rad an der Wand. Er griff in die Speichen und versuchte, es zu drehen. Er spürte den Widerstand, drückte stärker. Kettengerassel im dicken Mauerwerk, die Steine schienen auseinanderzubrechen, dann gähnte eine Öffnung, aus der ihm kalte Luft ins Gesicht schlug. Raoul zögerte ein wenig, spitzte die Ohren. Dumpf näherte sich der Lärm seiner Verfolger. Er bückte sich, und mit einem schnellen Hüftschwung lud er sich den Toten auf den Rücken.

»Komm, Kleiner ... Du sollst kein unwürdiges Grab finden. Und niemand wird je erfahren, daß du eines Tages deinen einzigen Freund betrogen hast!«

Epilog: Der Unglücksbringer

Verschreckt brachte der Diener die Visitenkarte auf einem Tablett.

»Also«, sagte der ehemalige Ministerpräsident Valenglay, »Was ist los?« Er nahm die Karte an sich, runzelte die Brauen.

»Soll ich ihn vorlassen?« fragte der Dienstbote.

»Natürlich.«

Einen Augenblick später betrat Arsène Lupin das Arbeitszimmer des Abgeordneten. Der stand auf, begrüßte höflich seinen Besucher.

»Bitte, nehmen Sie Platz.«

»Herr Ministerpräsident«, sagte Lupin, »ich werde mich kurz fassen.« Er zog eine Schatulle aus der Tasche, öffnete sie.

Valenglay wich zurück, als ob man ihn ins Gesicht geschlagen hätte. Mit vor Verblüffung runden Augen betrachtete er den enormen Diamanten.

»Was ist das?«

»Der Sancy.«

Valenglay faßte sich langsam wieder.

»Der Sancy«, wiederholte er. »Dieser Diamant, welcher der Krone gehörte? Der . . .«

»Genau der.«

»Und warum bringen Sie ihn mir?«

»Ich erstatte ihn zurück.«

Valenglay ging an den Schreibtisch, setzte sich hin.

»Wo haben Sie den her?«

»Unwichtig. Jetzt gehört er Frankreich. Ich verlasse mich auf Sie, Herr Ministerpräsident. Sie werden das Nötige veranlassen.«

Valenglay schaute sich diesen Teufelskerl an, der aus dem Nichts auftauchte und ihm einen Schatz überreichte.

»Ich weiß das Geschenk zu würdigen«, meinte er süß-sauer. »Aber ich frage mich, ob ich es akzeptieren soll. Sie kennen sicher den Ruf dieses Diamanten. Es ist Ihnen klar, daß er Unglück bringt . . . Außerdem lasten Sie mir da eine ungeheure Verantwortung auf.«

»Ich dachte nicht, daß Sie abergläubisch wären, Herr Ministerpräsident. Aber was soll schon geschehen? Fürchten Sie, daß Frankreich von einem Erdbeben heimgesucht oder überschwemmt wird?«

Stille, dann Valenglay: »Immerhin riskiere ich einiges. Ich nehme ihn jedoch an. Was kann ich meinerseits für Sie tun, Herr . . . Herr . . .«

»Raoul d'Apignac. Entschuldigen Sie, Herr Ministerpräsident, daß ich eine alte Visitenkarte benutzte. Arsène Lupin ist doch tot . . .«

»Wenn ich daran noch zweifelte, dann hätte ich jetzt den Beweis.«

Valenglay streckte die Hand aus; Lupin übergab ihm das Kästchen.

»Ich wünsche«, sagte er, »daß Inspektor Ganimard seine Nachforschungen einstellt. Man möge ihn zurückrufen, ihm neue Befehle erteilen, ich brauche nämlich Ruhe und Vergessen.« Er beugte sich vor, fügte vertraulich hinzu: »Ich möchte jetzt glücklich sein.«

»Dafür sorge ich«, sagte Valenglay.

Die beiden Männer erhoben sich gemeinsam, maßen sich sekundenlang mit Blicken.

»Schade«, seufzte der ehemalige Ministerpräsident. »Wenn Sie es wollten, Herr d'Apignac, könnten Sie uns gute Dienste leisten!« Er sann einen Augenblick. »Was soll's«, sagte er dann. »Ich danke Ihnen jedenfalls im Namen unseres Landes. Man wird höhererseits zur Kenntnis nehmen, was Sie getan haben. Erlauben Sie, daß ich Ihnen die Hand drücke.«

Lupin hielt ein Taxi an.

»Zum Bahnhof.«

Er war frohgestimmt. Heim ging es nach Eunerville. Jetzt schnell in die Haut von Léonce Catarat zurück, und sich dann lange, lange an seiner Aufgabe festhalten . . .

»Lucile«, murmelte er. »Für dich bin ich jetzt wieder zwanzig Jahre jung.«

Er hörte nicht den Zeitungsjungen, der ein Blatt mit enormer Schlagzeile schwenkte: »Erzherzog Franz-Ferdinand ermordet! Das Attentat von Sarajevo!«

**Beachten Sie bitte
die folgenden Seiten**

Ellery Queen

Besuch in der Nacht

Ullstein Krimi 1492

In allen Buchhandlungen

Sechs Tassen mit starkem Tee, sechs Tassen mit dünnem Tee, sechs rote Krawatten, tausend Dollar in einer Taschenuhr und zwei Leichen in einem Sarg – das sind nur einige der Rätsel um den Tod Georg Khalkis'. Und der Mörder hält noch viele andere Fußangeln für Ellery Queen bereit. Die heimtückischste aber erwartet ihn am Schluß: in der Person des Täters, dem niemand solche Grausamkeit zugetraut hätte.

ein Ullstein Buch

Ellery Queen

Die indische Seidenschnur

Ullstein Krimi 1658

In allen Buchhandlungen

Bei Männern blau,
bei Frauen rosa
ist die Seidenschnur, mit
welcher der Würger von
New York scheinbar wahllos
Menschen erdrosselt.
Neun Opfer sind es schon –
und in der Millionenstadt
bricht blinde Panik aus. Es
werden Selbstschutz-Komitees
gegründet – vergeblich. Erst
Ellery Queen entdeckt den
wichtigen Hinweis: Die
Opfer werden immer jünger!
Und sie standen alle in irgend-
einer Beziehung zu Dr.
Cazalis, dem berühmten
Psychiater ...

ein Ullstein Buch

Ullstein Krimis

»Bestechen durch ihre Vielfalt«
(Westfälische Rundschau)

Ullstein Krimis erhalten Sie
in jeder Buchhandlung